繁華不再
和平背後的
THE HISTORY OF ANCIENT CHINA
殘酷歷史 之謎

古人已經遠去，身後唯有留下團團迷霧！
一同穿越歷史的長河，讓真相重見光明，告訴人們曾經發生的最真實故事！

i-smart

智學堂

智慧是學習的殿堂

國家圖書館出版品預行編目資料

繁華不再：和平背後的殘酷歷史之謎 /
張中延編著. -- 初版. -- 新北市 ： 智學堂文化，
民104.1 面 ； 公分. -- (經典系列 ； 14)
ISBN 978-986-5819-61-3(平裝)

856.9 103023416

經典系列：14

繁華不再：和平背後的殘酷歷史之謎

編　　著 ─ 張中延
出 版 者 ─ 智學堂文化事業有限公司
執行編輯 ─ 林美玲
美術編輯 ─ 蕭佩玲
地　　址 ─ 22103　新北市汐止區大同路三段一百九十四號九樓之一
　　　　　　TEL　（02）8647-3663
　　　　　　FAX　（02）8647-3660

總 經 銷 ─ 永續圖書有限公司
劃撥帳號 ─ 18669219
出 版 日 ─ 2015年1月

法律顧問 ─ 方圓法律事務所　涂成樞律師
CVS 代理 ─ 美璟文化有限公司
　　　　　　TEL　（02）27239968
　　　　　　FAX　（02）27239668

繁華不再 和平背後的
THE HISTORY OF ANCIENT CHINA
殘酷歷史 之謎

第一章

名人去向懸案——
名人們的生死之謎，浮生若夢何去何從

第二章

名家死亡懸案——
風流名士已去，白衣卿相不在

第三章

亂世爭戰血案──
醉臥沙場君莫笑，古來征戰幾人回

第四章

傾國紅顏玄案——
巾幗美人軼事多，香魂歸何處

第一章

名人去向懸案──

名人們的生死之謎，浮生若夢何去何從

西施：
是被沉水還是隨范蠡而去

　　西施，名施夷光，春秋戰國時期出生於浙江諸暨苧蘿村。苧蘿有東西二村，夷光居住在西村，因為天生麗質，貌美絕世，遠近聞名，所以人們不喊她的姓名，故把這位西村的施家姑娘稱作西施。西元前494年，吳王夫差為報殺父之仇，領兵打進越國，俘虜了越王勾踐，越王夫婦被押到吳國做奴隸。

　　三年後，吳王夫差放回了勾踐，勾踐回國以後，臥薪嚐膽，力圖報仇雪恥。

　　「十年生聚，十年教訓」，他採用范蠡提出的獻美人之計，把西施獻給吳王夫差。西施忍辱負重，以身許國，憑藉她傾國傾城之貌和高超的琴棋歌舞，成為吳王最寵愛的妃子。從此吳王日日沉迷酒色，不理朝政，最後落得眾叛親離，西施為勾踐的東山再起達

到了掩護的作用。在她的內應下，勾踐終於滅吳復國。
最後，吳王夫差拔劍自盡，結束了持續幾十年的吳越
戰爭。西施榮歸故里，可是回來以後又怎麼樣呢？

對西施最終是生是死的結局，歷來有不同的說
法。歸納起來，大致上有四種版本。

沉海說

傳說勾踐滅吳後，他的夫人偷偷地叫人騙出西
施，將石頭綁在西施身上，爾後沉入大海。而且更有
甚者傳說從此沿海的泥沙中便有了一種似人舌的文
蜊，大家都說這是西施的舌頭，所以稱牠為「西施
舌」。三十年代著名作家郁達夫，亦稱讚長樂「西施
舌」是閩菜中最佳的一種神品。

隱居說

這種說法也是十分風行，最早見於東漢袁康的
《越絕書》。裡面記載說，「吳亡後，西施復歸范
蠡，同泛五湖而去」。而明代胡應麟的《少室山房筆
叢》也有類似說法，認為西施原是范蠡的情人或妻
子，吳國覆亡後，范蠡帶著西施隱居。明代的陳耀文
《正楊》卷二《西施》也引用《越絕書》認為西施跟

隨范蠡隱居。

落水說

或許是善良的人們並不希望西施這位無辜的弱女子有個悲慘結局，於是找出初唐詩人宋之問《浣紗》詩：「一朝還舊都，靚妝尋若耶；鳥驚人松夢，魚沉畏荷花」為依據，認為吳國亡後西施回到故鄉，在一次浣紗時，不慎落水而死。此說似乎最理想，可是最缺乏證據。

被殺說

傳說吳王自刎而死時，吳人把一腔怒火都發洩在西施身上，用錦緞將她層層裹住，沉在揚子江心。據《東坡異物志》載：「揚子江有美人魚，又稱西施魚，一日數易其色，肉細味美，婦人食之，可增媚態，據云系西施沉江後幻化而成。」這種說法可以說純粹來自傳說了。

落水說的說法流傳較廣。而且還流傳有不同版本。馮夢龍的《東周列國志》和柏楊先生的《皇后之死》根據《吳越春秋》這段史實附會了如下情節：越王把西施擄回了越國，第一天晚上勾踐就叫她侍寢：「夫

差能夠與妳同床共枕，我為什麼與妳不能？」

　　越王妻子大發醋勁，因妒而生恨，背著越王，把西施沉入水中，還說：「此乃禍水，豈可久留？」當了「美人計」的工具，事成之後，被人棄之，還是合乎情理的。

　　當然，還有人認為西施被沉水並非皇后所為，而是她的戀人范蠡。這種說法頗為殘酷，說吳國滅亡以後，越王因為西施的美貌想要將她留在身邊，但是范蠡堅決反對，他要越王記取吳王教訓，不能被美色誘惑。他設下計策，派人用越王的車把西施騙到太湖，又把她騙上船，到了湖心之後把西施從船上推下，西施因此溺死於太湖中了。這種說法是經不起推敲的。范蠡並非無情無義之人，既然已決意離開越國，他對於自己的戀人還不至於下此毒手。

　　還有一種觀點認為，西施沉水是勾踐吃醋而為。《吳越春秋》記載，越王「乃使相者國中得苧蘿山鬻（ㄩˋ）薪之女，曰西施、鄭旦，飾以羅縠（ㄏㄨˊ），教以容步，習於土城，臨於都巷，三年學服而獻於吳」，西施在宮中三年學習期間，與范蠡之間深深埋下了愛

名人去向懸案──
名人們的生死之謎，浮生若夢何去何從

情的種子。越王勾踐顯然也被西施的美貌打動，但他為了成就自己的偉業，只能將西施獻於吳王。

　　為了使西施死心的替他完成使命，勾踐和范蠡約定：滅吳之後，將西施賜予范蠡，不僅可成全二人的一番相戀，同時也穩住了西施的心，才能身在吳宮，心存越國。但是滅吳之後，陰險的勾踐變了卦。他不會讓自己心愛的女人落到別人的手中，於是下令將西施鴟夷沉江。

【話說歷史】

　　自古紅顏多薄命，西施本是農家女子，只是因為天生麗質，做了越王政治鬥爭中的工具，事成之後，「兔死狗烹」，也是情理之中的事。至於西施到底是隨范蠡歸隱五湖還是被沉江底，只能由後人自己評說了。

貂蟬：
慘死還是善終

　　傳說貂蟬降生人世，三年間當地桃杏花開即凋謝；貂蟬午夜拜月，月裡嫦娥自愧不如，匆匆隱入雲中；貂蟬身姿俏美，細耳碧環，行時風擺楊柳，靜則文雅有餘，貂蟬之美，蔚為大觀。

　　正是因了這種美貌，讓弄權作威的董卓、勇而無謀的呂布反目成仇，使得動亂不堪的朝野稍有安寧之象。然而，令人遺憾的是貂蟬以侍婢出現，以死者家屬退身，羅貫中在《三國演義》中只敘說呂布白門樓殞命，便以一句「妻女運回許都」作結，自此，貂蟬生死成了千古之謎。

　　白門樓事發後，貂蟬會是怎樣的命運呢？有這樣幾種傳說。一說是曹操得知關羽把貂蟬藏在靜慈庵，就暗中派人緝拿，貂蟬不願受辱，遂飲劍自殺；一說

名人去向懸案──
名人們的生死之謎，浮生若夢何去何從

貂蟬出家為尼，其間寫了佚名的《錦雲堂暗定連環計》，壽終庵中；一說曹操採納荀攸之計，為離間桃園三兄弟，而把貂蟬明許關羽，暗應劉備，關羽為了不讓曹操的奸計得逞，殺了貂蟬；還有一說是，關羽把貂蟬送回了她的老家木耳村（今山西忻州木芝村），貂蟬一直未嫁，所以村中便有了貂蟬墓及紀念殿堂，還在後殿供奉了關公。

前些時候又添新聞，成都北郊一位曾姓老人曾撿得一塊碑，碑文曰：貂蟬，王允歌姬也，是因董卓猖獗，為國捐軀⋯⋯隨炎帝入蜀，葬於華陽縣外北上澗橫村黃土坡⋯⋯按此說，貂蟬極有可能流落於蜀中而了結殘生。關於其結局，歷來都有多種說法。形成了「慘死」和「善終」兩大系列。「慘死系列」至少包含了四種不同的版本。昆劇《斬貂》細述呂布在白門樓被曹操斬首，其妻貂蟬被張飛轉送給了關羽，但關羽拒絕受納這位污點美女，憎惡其水性楊花，朝三暮四，難免為他人所玷污，只有一死才能保全其名節，於是趁夜傳喚貂蟬入帳，拔劍斬美人於帳下。

另一出雜劇《關公月下斬貂蟬》，是說曹操欲以

美色迷惑關羽，使其為自己效力，遣貂蟬前去引誘。貂蟬使出渾身解數，上下挑逗，關羽心如磐石，斷然剷除了這個情色後患。基於儒家文人的悉心改造，明代以來，貂蟬和關羽的形象，日益貼近士紳階層的倫理標準。

第三種版本出自明劇《關公與貂蟬》，劇中的貂蟬向關羽哭訴內心冤屈，詳述其施展美人計為漢室除害的經歷，贏得關羽的愛慕，但關羽決計為復興漢室獻身，貂蟬只好懷著滿腔柔情自刎，以死來證明自身的政治貞操。

第四種版本陳述貂蟬在憐香惜玉的關羽庇護下逃走，削髮為尼，曹操派人追捕，為使桃園三兄弟不再重蹈自相殘殺的覆轍，貂蟬毅然拔劍自殺，一縷幽怨的香魂，追隨國家大義而去。

「善終系列」則有三個核心版本，一是貂蟬出家為尼，以佚名方式寫下雜劇《錦雲堂暗定連環計》，向世人言明自己的政治貢獻，最後在尼姑庵裡壽終正寢。

第二種版本則宣稱關羽不戀女色，護送貂蟬回到

其故鄉木耳村，而貂蟬則一直守節未嫁，終於熬成了一個貞烈老嫗，被鄉人建廟祭奠。為謀生和豐富群眾文藝生活起見，貂蟬還組織戲班演出，她所搭建的戲臺，曾是該村的一個誘人景點。

第三種版本稱貂蟬被關羽納為小妾，並送往成都定居，本想在功成名就後慢慢享用，不料自己兵敗身死，可憐的貂蟬從此流落蜀中，成了寂寞無主的村婦。

【話說歷史】

千百年倏忽，逝者如斯夫，一身嬌豔的貂蟬留下了一生的謎團，寫就了一段歷史，也帶給後世一個美好的形象。

駱賓王終歸何處：
誅殺、逃跑還是出家

鵝鵝鵝，曲項向天歌。

白毛浮綠水，紅掌撥清波。

　　一首《詠鵝》讓駱賓王成為家喻戶曉、婦孺皆知
的詩人。作為「初唐四傑」之一，駱賓王尤其擅長寫
詩，為人們留下《帝京篇》等眾多名篇。

　　其中，他起草的討伐武則天的檄文《討武曌檄》
名揚天下，就連武則天看到這篇檄文後不由感歎：
「宰相安得失此人？」

　　西元683年，駱賓王在老家浙江臨海縣當一名普
通縣官。這年冬天，長期處於病態的高宗扶鸞而去，
遺詔立太子李顯為帝。

　　高宗在位時，武氏代替高宗掌握朝政已達幾十

年，權力的充斥使她無法放棄至高的權柄，她廢長立幼，自己獨掌大權。

為了鞏固皇權，武氏下令排除異己並大肆誅殺唐室勳臣，設立間諜機構，世人以相互告密而自衛，整個皇城陷入了惶惶不安之中。

駱賓王親眼目睹了武氏集團犯下的種種惡行，心中憤懣不已，於是聯合握有兵權的徐敬業準備起事討伐武氏，寫出《為徐敬業討武曌檄》這樣義正詞嚴、氣勢恢宏的檄文，確立了「擁戴李顯，匡扶唐室」的政治主張。

西元684年，起義因徐敬業沒有抓住有利戰機，最終被武則天圍剿，歷時3個月的起義在揚州城下宣告失敗。駱賓王、徐敬業等起義主準備連夜坐船逃亡高麗，但因部下叛變，徐敬業被殺，駱賓王自此不知去向。

說法一：誅殺

《資治通鑑》明確地記載了起義軍失敗後徐敬業、駱賓王被叛軍誅殺的場景；《舊唐書》也肯定了誅殺駱賓王的事實。

說法二：逃跑

《新唐書》記載了是駱賓王在兵敗後逃跑。武則天死後，李顯即位。為表揚駱賓王為大唐江山作出的犧牲，李顯下令郤雲卿在全國各地搜集有關駱賓王的詩作，要求對其兵敗後的下落做出嚴密的調查，遍訪其好友。

起初郤雲卿認為駱賓王可能已被叛軍誅殺，但隨著調查的深入和得到的線索，提出了逃跑這個說法。

說法三：出家

初唐著名詩人宋之問在杭州靈隱寺月下吟詩，吟出「鷲嶺鬱岧嶢，龍宮鎖寂寥」就不知道該怎麼繼續了，這時候一個老和尚接著送了一聯妙句：「樓觀滄海日，門對浙江潮。」據說此人就是駱賓王，但後來有人去卻沒有找到。

2005年，浙江師範大學中文系教授、駱賓王研究專家駱祥發向媒體公佈了自己這麼多年研究駱賓王下落的結果。

他說駱賓王兵敗被誅殺的論證值得懷疑，在官方的史冊上出現兩種完全不同的記載，這本身就值得商

酌。

　　同時，駱祥發提到，在家族宗譜上也有關於駱賓王逃出後隱身在江蘇南通一帶蘆葦蕩，輾轉後，客死南通，埋骨黃泥口的記載，終年70歲左右。

【話說歷史】

　　駱賓王曾久戍邊城，曾經寫有不少邊塞詩「晚鳳迷朔氣，新瓜照邊秋。灶火通軍壁，烽煙上戍樓。」豪情壯志，見聞親切。

楊貴妃：
死於馬嵬坡還是逃往日本

蜀江水碧蜀山青，聖主朝朝暮暮情。
行宮見月傷心色，夜雨聞鈴腸斷聲。
天旋地轉回龍馭，到此躊躇不能去。
馬嵬坡下泥土中，不見玉顏空死處。

　　唐朝詩人白居易的《長恨歌》詳細的敘述了唐玄宗與楊貴妃的愛情悲劇。詩人藉歷史人物和傳說，講述了一個淒美的愛情故事，透過人物形象的塑造，再現歷史事件的真實性，感染著千百年來的讀者。
　　詩歌在給人唯美藝術享受的同時，更讓人想入非非，甚至推斷楊貴妃沒有死在馬嵬坡。日本知名女星山口百惠2002年接受訪問時，曾宣稱自己是楊貴妃的後代，於是有人站出來說，日本不僅有楊貴妃的墳墓

名人去向懸案——
名人們的生死之謎，浮生若夢何去何從

和塑像，還有一個被稱為「楊貴妃之鄉」的久津村。

很多人便開始相信那個久遠的傳說：當年楊貴妃在馬嵬坡兵變的逼迫下，其中一名侍女代替她而死，楊貴妃在遣唐使的幫助下，搭船離開了大唐，輾轉到了今日的日本山口縣久津村。美人之死終讓人覺得惋惜，但事實上楊貴妃並沒有因人們的美好幻想而免遭一死，更沒有逃到日本。

據史料記載，西元755年，節度使安祿山詐稱「有密旨，令祿山將兵入朝討楊國忠」，兵起范陽，同年12月攻陷東都洛陽。當時，深受唐玄宗寵愛的楊貴妃兄妹得罪了太子，據《舊唐書·后妃傳》記載：「河北盜起(即『安史之亂』)，玄宗以皇太子為天下兵馬元帥，監撫軍國事。國忠大懼，諸楊聚哭，貴妃銜土陳情，帝遂不行內禪。」這樣一來，皇太子李亨自然恨透了楊貴妃兄妹，為後來的貴妃之死埋下了伏筆。

西元756年5月，玄宗皇帝舉眾西逃，倉皇中的楊貴妃、楊國忠等人絲毫沒有注意到，太子李亨已經收買護駕的禁軍大將陳玄禮。據史料記載，逃離長安後的次日，玄宗一行來到了距長安百里之遙的馬嵬驛

(今陝西興平縣境內)。當時李隆基、楊貴妃二人正在驛站內休息，驛站外隨行的吐蕃使者因沒有東西吃與楊國忠爭吵起來，陳玄禮趁機向禁軍官兵宣佈：「楊國忠打算謀反。」

一些沒有被陳玄禮收買的士兵半信半疑，但陳玄禮指著不遠處與吐蕃使者說話的楊國忠，煞有介事地宣揚楊國忠要挾持皇上進行政變，蒙在鼓裡的士兵看見楊國忠與吐蕃使者發生爭吵，認定楊國忠準備造反，亂箭齊發，將其射死。

厄運很快就降臨到楊玉環的頭上。《舊唐書·后妃傳》中云：「(玄宗一行)至馬嵬，禁軍大將陳玄禮密啟太子誅國忠父子，繼而四軍不散，玄宗遣力士宣問，對曰：『賊本尚在！』蓋指貴妃也。力士覆奏，帝不獲已，與妃詔，遂縊死於佛寶，時年三十八，瘞(一ㄟ)於驛西道側。」

關於楊貴妃之死，司馬光的《資治通鑒》記載得更為詳細：「上(玄宗)杖屨出驛門，慰勞軍士，令收隊，軍士不應。上使高力士問之，(陳)玄禮對曰：『國忠謀反，貴妃不宜供奉，願陛下割恩正法。』上

曰：『朕當自處之。』入門，倚杖傾首而立。久之，京兆司隸韋諤前言曰：『今眾怒難犯，安危在晷刻，願陛下速決！』因叩頭流血。上曰：『貴妃常居深宮，安知國忠謀反？』高力士曰：『貴妃誠無罪，然將士已殺國忠，而貴妃在陛下左右，豈敢自安！願陛下審思之，將士安則陛下安矣。』上乃命力士引貴妃於佛堂，縊殺之。與屍置驛庭，召玄禮等入視之。」

中國有句古話叫「斬草除根」，陳玄禮是最關心楊貴妃死活的人，絕不可能隨便讓宮女代替，讓楊貴妃留下找他報仇的機會。因此，就關係身家性命這點上陳玄禮不會馬虎。更何況，兵荒馬亂如何能找到一個跟楊貴妃如此相像的宮女？所以楊貴妃沒死一說很難找到有力證據。

根據《舊唐書·后妃傳》記載：「上皇自蜀還，令中使祭奠，詔令改葬。禮部侍郎李揆曰：『龍武將士誅國忠，以其負國兆亂。今改葬故妃，恐將士疑懼，葬禮未可行！』乃止。上皇密令中使改葬於他所。初瘞時以紫褥裹之，肌膚已壞，而香囊猶在。」

從這段記載可以看出，楊貴妃確實死於馬嵬坡，

否則李隆基就不會令中使(宦官)前去祭奠，詔令改葬，掘墓後發現紫褥、香囊等，這與《新唐書》中的「裹屍以紫茵」的記載相吻合。

　　最重要的是掘墓後，楊貴妃的墓並非空穴，而只是「玉顏不見」——肌膚已壞。這就足以駁斥「不見屍體」的謠傳，由此推之白居易的「玉顏不見」應理解為「屍體已腐」，而不是「不見屍體」。透過以上證據，可以充分證明，楊玉環確實死於馬嵬坡。

　　【話說歷史】

　　民間傳說自有公正的評判，對歷史人物的褒貶往往比較客觀。楊貴妃之死，既有其自取其咎的一面，更有作為犧牲品的一面。於是，人們幻想確實已死了的楊貴妃能重新復活，寄予無限的追念。

白蓮教女英雄唐賽兒：
是生俘受辱還是出家為尼

　　提起出家修行的尼姑，往往會想到六根清淨，四大皆空，無論如何也很難跟朝廷大事掛得上邊。而中國歷史上的皇帝一般都會利用佛教、道教等宗教信仰來控制民眾的思想。

　　照理說，尼姑這一群體朝廷應是利用而不是掃蕩，但明朝的尼姑卻遭受到了前所未有的侵擾和追捕，這又是怎麼回事呢？

　　永樂十八年（1420），明成祖朱棣突然下令，將全國所有的尼姑以及女道士，統統逮捕，並送往京師逐一審問，驗明真實身分。

　　這場史無前例的尼姑掃蕩案，既打破了千百年來佛門與世無爭的狀態，也讓後人感到疑惑重重。朱棣為什麼要捕捉天下尼姑呢？事情還得從山東境內農民

起義中一個名叫唐賽兒的白蓮教徒說起。

歷史上，農民起義運動不勝枚舉，每個朝代都會或多或少地爆發農民起義，唐賽兒領導的這場起義運動規模小、持續時間短，雖沒威脅到明朝政權，卻也著實震驚了當時的統治者——永樂皇帝。不僅派出了「京營」五千精銳人馬，還調用正在山東沿海「抗倭」的軍隊，來鎮壓這場農民起義，擺出了一副「攘外必先安內」的架勢。

為什麼朱棣會如此興師動眾？民眾為何會對一個尼姑領袖如此拜服？

細細分析便可發現其中原因：其一，這次起義剛好發生在永樂皇帝「遷都北京」前夕，這事是直接關係到皇帝面子的「形象工程」和「政績工程」，永樂皇帝決不允許在這種時候出任何亂子；其二，起義軍以「白蓮教」為依託，教徒對唐賽兒死心塌地，惟命是從。以「教」為依託的起義最能蠱惑群眾，永樂皇帝害怕好不容易從侄子手上奪得的政權輕易地被「邪教」推翻；其三，起義軍隊伍不斷壯大，在一個女人的帶領下，連續挫敗朝廷強兵勁旅，不禁讓永樂皇帝

和朝廷顏面掃地……種種原因，朱棣對唐賽兒分外仇恨，瘋狂地鎮壓起義軍。

由於寡不敵眾，缺乏有力的支援，起義軍只堅持三個月便功虧一簣，首領唐賽兒下落不明。永樂皇帝為了消除後患，殺一儆百，防止起義死灰復燃，下令嚴查唐賽兒的行蹤，於是在民間掀起轟動一時的尼姑掃蕩案。

直至永樂皇帝駕崩，都沒有尋找到唐賽兒的行蹤。一則，搜查人員搜查不到唐賽兒的下落，為了推卸責任，便捏造了唐賽兒已遁入佛門來搪塞皇帝；二則，佛門弟子遠離世俗，官府一般不介入，唐賽兒極有可能混入佛門以求避難；再則，唐賽兒起義時，曾自稱「佛母」，永樂皇帝以此認為唐賽兒與佛門有著某種關聯。

因此，便有史料中記載：永樂皇帝因「唐賽兒久不獲，慮削髮為尼或處混女道士中，遂命法司，凡北京、山東境內尼及道站，逮之京詰之。」（《明史紀事本末》）於是，永樂皇帝下令將北京、山東的尼姑及女道士統統逮捕，押送朝廷審訊。

同年七月，又命山東左參政段明繼續搜索唐賽兒。
段明不僅將山東、北京的尼姑全部逮捕，逐一搜查，
還逮捕了全國範圍內的數萬名出家女子。

關於此事，《明史》也有簡單記載：「永樂十八
年二月，山東蒲台唐賽兒反，唐賽兒不獲，溟逮天下
出嫁尼姑萬人。」

歷史上關於唐賽兒的下落有兩種說法，一種是唐
賽兒曾被官兵所捉，遭受了非人的折磨後死去。另一
種是唐賽兒在當地民眾的掩護下，躲進尼姑庵，之後
再無人找得到她。

第一種說法的佐證一些野史的記載，話說永樂皇
帝為抓住唐賽兒，明朝的錦衣衛傾巢而出，加上山東
左參政的搜尋大隊，對逮捕的尼姑及女道士進行嚴刑
拷打，被問刑的尼姑或女道士均因受不了酷刑屈打成
招。

唐賽兒一案，造成近萬名年輕女子蒙冤慘死。為
了保護其他女子，隱匿的唐賽兒主動獻身，並交納出
白蓮教的聖物——白蓮玉足。

被俘後，唐賽兒遭受嚴刑拷打，被剃光頭髮，脫

光衣服，受到官兵的反覆侮辱。

據傳，她被凌遲上千刀，足足受盡疼痛的折磨才斷氣，還被斬首示眾，但這畢竟是野史的記載，情節有所誇大是極有可能的。

第二種說法則認為唐賽兒受到當地老百姓的擁戴，隨時可得到當地百姓的掩護。

唐賽兒發動的這場農民起義目的是反對永樂皇帝不顧民生、民意，執意遷都，大興土木，不僅大量耗費人力物力，老百姓的徭役也一年比一年重，尤其是山東農民，處於運河開鑿地區，生活在水深火熱之中。唐賽兒適時而起，以「白蓮教」名義團結百姓，聚眾起義，當地人尊稱她為「佛母」。

基於此，她得到當地百姓幫助掩護逃脫明王朝追捕不是不可能的事。如果唐賽兒被生俘，永樂皇帝不會傾盡明朝強大的特務、巡察機構，在全國範圍內搜查尼姑、女道士。

由此可見，唐賽兒「確實還活在人間」。但至於她是不是削髮為尼，以及她的下落，還是需要進一步探討研究的，無法定論。

【話說歷史】

唐賽兒之所以在明朝強大而又嚴密的特務、巡察機構的捕捉下得以逃脫，離不開民眾的支持與保護。可見，民心所向是多麼強大的力量，足以使一個國家的特務機制、巡察機制失效。「得民心者得天下」的話不是虛言。

建文帝朱允炆：
自焚而死還是逃出皇宮

　　明朝開國皇帝朱元璋死後，因皇太子朱標於洪武
二十五年（西元1392年）先他而死，乃由皇太孫朱允
炆即位，即建文帝。然而，在建文帝剛即位不久，燕
王朱棣便於建文元年（1399年）以「清君側之惡」的
名義舉兵反抗朝廷，以聲討齊泰、黃子澄為名，矛頭
直指建文帝。

　　朱棣在封地起兵，發動了歷史上有名的「靖難之
役」。直至建文四年，朱棣由燕王榮登皇位，歷時4
年的災禍結束。朱棣攻陷南京後，皇宮已是一片大
火，建文帝下落不明，皇帝使用的玉璽也隨之消失得
無影無蹤。一時間，關於建文帝的生死之謎，成為歷
史上爭訟不決的懸案。之後，有關建文帝已經出逃的
傳聞頗多，明成祖對此總是不安心，此事也成為他的

一塊心病。

　　關於建文帝生死之謎，常見的是正史中的記載，朱允炆於宮中自焚而死，但有兩點卻很奇怪。首先，清理現場的時候，太監只找到了馬皇后和太子朱文奎的遺骸，朱允炆的遺骸始終沒有找到；其次，建文帝使用的玉璽也下落不明，死不見屍。燕王朱棣為奪取帝位，只有宣稱建文帝已死，為掩飾奪取帝位而發動的政變，朱棣指使臣下掩蓋歷史真相，銷毀建文時期的政府檔案，禁止一切關於此事的記敘，篡改歷史。而且，燕王為讓天下知建文帝已自焚，曾作有祭文，但其墓於何處，無人知曉。明末，崇禎帝曾表示，想為建文帝上墳，卻不知其墳墓在何處。

　　另一種說法，在南京攻破被攻破後，建文帝曾想自殺，但在其親信說服下，削髮為僧，從地道逃出了皇宮，隱姓埋名，浪跡江湖。明成祖死後，又回到京城，死後葬於京郊西山。事實上，明成祖朱棣也不相信建文帝真的死了，朱允炆的生死未卜給當時的建文帝一種無形的壓力，派遣戶科都給事中胡，以尋訪仙人張三豐為名，暗中偵查建文帝的蹤跡，走遍大江南

北，前後共二十餘年。

民間傳說中，在許多地方都有建文帝的蹤跡，有的說建文帝逃到雲貴地區，輾轉到南洋，直到現在，雲南大理仍有人以建文帝為鼻祖；也有現代學者認為，當年建文帝潛逃後，曾藏於江蘇吳縣黿(ㄩㄢˊ)山普濟寺內，接著隱匿於穹窿山皇駕庵，於永樂二十一年西元1423年病亡，埋於庵後小山坡上。

同樣的，明成祖朱棣的子孫後代也認為建文帝的下落是個謎。明神宗朱翊鈞即位伊始，曾下詔為被殺的建文朝大臣建祠廟進行祭祀，並頒佈《苗裔恤錄》，對他們的後裔給予撫恤。萬曆二年十月十七日，他在文華殿與內閣大學士們談起建文帝一事，提出了思慮已久的問題：「聽說建文帝逃亡，不知真偽如何？」再次提出了明朝的第一號無頭公案。內閣首輔張居正如實回答：「我朝的國史沒有記載這件事，聽前朝的故老們說，靖難之師進入南京城，建文帝喬裝逃亡。到了正統年間，有一個老和尚在雲南驛站壁上題詩一首，有『淪落江湖數十秋』之句。御史召見此人詢問，老僧坐地不跪，說：『我想葉落歸根。』

查驗後才知道是建文帝。」張居正的說法，記載在
《明神宗實錄》，與祝允明《野記》所說大致相同，
可見在明朝中晚期，關於建文帝的下落已經不再忌
諱，事實的真相逐漸明朗。

　　至於建文帝的下落到底如何，以上兩種說法都無
法給出令人滿意的答案。建文帝生死之謎，今人還以
穿越的形式改編成電視、電影。至於建文帝真正的下
落，只能遺留歷史長河之中。

【話說歷史】

　　皇權富貴，美色欲望，都只不過是過眼雲煙。朱
允炆也許逃到了世外桃源，沉浸於大自然之中，而朱
棣在位期間所做的政績也是合格，兩者平衡，豈不更
好。

亂世闖王李自成：
死於亂軍還是出家為僧

　　遍覽明清兩朝官方歷史文獻以及諸多私家著述，大都對李自成的人生結局作過這樣的記載：「兵敗九宮山，最終被當地鄉勇圍困，死於亂軍之中。」然而，事情並非如此簡單。

　　有關李自成的下落，幾百年來眾說紛紜，莫衷一是，成為一宗歷史懸案。目前關於李自成死地和終年之說達18種，涉及了湖北、湖南、貴州、廣西、廣州、甘肅等多個省市，在《明史》、《清始祖實錄》等中均有記載。

　　從戰略推理，認為李自成去當和尚，情勢所迫，是為了聯明抗清。當時，李自成領導的大順軍主要敵人，已經不再是明王朝，而是氣勢洶洶的清軍，抗清已成為當務之急。

聯合國內的其他武裝力量顯得至關重要。當時可以聯合抗清的，只有唐王朱聿鍵手下的湖南何騰蛟。何騰蛟要求部隊指揮權交給李自成，但何騰蛟是唐王的宰臣，李自成雖是大順皇帝，這在情理上也是難以接受的。

再說，李自成逼死崇禎皇帝，深恐唐王不能諒解，李自成遂採取假死、隱居的做法，巧妙地迴避了衝突，讓皇后高氏和李過出面與何騰蛟聯合，共同抗清。有跡象顯示，奉天玉大和尚極有可能就是闖王李自成。

崇禎十六年，李自成在起義過程中，曾經自稱「奉天倡義大元帥」，與奉天法號相合。此外，敕印、「奉天玉詔」銅牌均屬皇帝專用，暗合李自成大順皇帝的身分。奉天玉墓葬違背僧規以陝北民俗埋葬，李自成的家鄉就在陝北米脂縣。

何騰蛟的這份奏疏，是關於李自成犧牲在湖北通山縣九宮山下的最原始文獻之一。由於不久後李自成的部將接受了他的節制，他有充分的條件從大順軍將領及士兵的口中獲悉李自成犧牲的經過。

也許李自成的確採納了謀士的意見，選擇退隱。在這樣一個生死存亡的關鍵時刻，何為最為穩妥的退身之策？李自成選擇了出家，這在當時也許是種明智之舉，而另一個原因似乎和李自成幼年的經歷關，李自成從6歲到10歲，出家4年當和尚，被命名為黃來僧。一些佛學研究者認為這也是還他本來面貌。

李自成逃竄到石門夾山一說，流傳也極為廣泛。湖南省石門縣古稱澧陽，又稱澧州。據清乾隆年間的《澧州志林》所收澧州知州何璘的《李自成傳》一文稱，李自成兵敗，獨竄石門之夾山為僧，法名奉天玉和尚。文中所指夾山即夾山寺，該寺位於石門縣東15公里的三板橋，是一座唐代古剎，也就是本文一開始講到的那個地方。

寺內還有與此說相關的一些碑記塔銘、詩文殘板，以及奉天玉和尚的骨片及宮廷玉器在內的許多遺物，包括1980年的考古發掘中發現的諸多文物。這些無疑構成了此說法的有力佐證。

總之「闖王」李自成是中國歷史上一位千古少有的傳奇英雄，他發動和長期堅持的大規模農民戰爭，

推翻了盛極一時的明王朝，但他卻敗在關外新興的北方少數民族──滿族所建立的清廷之下。

是失誤也好，是天生缺憾也罷，後世對這次起義和與這次起義有關的歷史資料的銷毀，讓我們對李自成一生中的許多問題無法充分瞭解。關於李自成失敗後，到最後歸宿的疑案，至今同樣真相難明，諸多的記載與傳說，還有待於進一步澄清和發現。

【話說歷史】

樂昌梅花一帶，民間歷代相傳，眾口一詞，曹國公不姓曹，而姓李，人稱李大人。曹國公為真龍天子，在明末清初，李姓之真龍天子，除李自成之外，別無他人。

名妓陳圓圓：
出家，殉情，還是隱逸

　　山海關戰役後，吳三桂從李自成手中奪回陳圓圓。隨後他被清政府封為平西王，陳圓圓也跟著他去了雲南。

　　那麼，之後陳圓圓經歷了哪些事情？她的結局又如何呢？史學界流傳的說法是，陳圓圓年老色衰，好色的吳三桂對她產生厭倦，轉而疼愛「四面觀音」、「八面觀音」（吳三桂寵妾的綽號）。

　　看破紅塵的陳圓圓立意吃齋念佛，不與他人爭寵。雖然她還住在吳三桂的寢宮，但獨處一室，常年吃素，與外事隔絕，與「出家」無本質區別。

　　還有一種說法，當清兵攻破昆明城時，吳三桂之孫吳世潘服毒自殺，吳世潘妻子與陳圓圓均自縊而亡，或陳圓圓絕食而死。

　　清代文人孫旭在《平吳錄》中記載：「（吳三桂
叛亂失敗時）桂妻張氏前死，陳沅（圓）及偽后郭氏
俱自縊。一云陳沅不食而死。」

　　《平滇始末》也說：「陳娘娘、印太太及偽皇后
俱自縊。」又有人說，陳圓圓在吳三桂兵敗後，沒有
自殺或者絕食而亡，而是在昆明歸化寺出家做尼姑，
法名「寂靜」。

　　直到1983年，貴州岑鞏縣的考古工作者提出「陳
圓圓魂歸岑鞏」，被多數學者所接受。至此，有關
「陳圓圓結局」的爭論告一段落。

　　據考古學家稱，在岑鞏縣水尾鎮馬家寨獅子山上
有一個土堆，便是陳圓圓的墓，墓碑上刻有「故先妣
吳門聶氏之墓位席，孝男：吳啟華。媳：塗氏。孝孫
男：仕龍、仕傑。楊氏。曾孫：大經、大純……皇清
雍正六年歲次戊申仲冬月吉日立。」原來，馬家寨的
人全部姓吳，是吳三桂的後代。

　　當年，吳三桂將敗，其愛將馬寶把陳圓圓與其兒
子吳啟華偷偷送至思州（今貴州岑鞏）。

　　後來，吳啟華為紀念馬寶的救命之恩，也為躲避

41

清朝政府的追殺，就改姓馬，居住的寨子就叫馬家
寨。陳圓圓死後，家人不敢明目張膽地寫著她的名字，
便採用暗語。

「先妣」指已經去世的母親；「吳門」既指代吳
家，也表明這裡所藏之人是蘇州人，古時候蘇州亦稱
吳門；「聶」可看作「雙耳」，陳圓圓本名姓邢，後
跟養母姓陳，邢和陳都帶有「耳」字旁，且「雙」字
含有美好、團圓之意，因此「聶」暗指陳圓圓；「位
席」有正妃之意，表示其地位崇高。

於是墓碑上「故先妣吳門聶氏之墓位席」可以理
解成「母親蘇州人氏陳圓圓王妃之墓」。

但後來有人根據史書記載：「馬寶在楚雄繼續對
抗，最後兵敗被俘，被押送省城，終被凌遲致死」，
認為馬寶沒有去過思州。

一代美女陳圓圓究竟是看破紅塵出家為尼，還是
為吳三桂殉情，抑或吳三桂兵敗後她隱姓埋名生活數
年？至今，史學界沒有統一定論。

【話說歷史】

　　冒辟疆在《影梅庵憶語》中曾寫道：「婦人以資質為主，色次之，碌碌雙鬟，難其選也。慧心紈質，淡秀天然，平生所見，則獨有圓圓爾。」而就是這樣的色藝冠絕，成就了陳圓圓悲劇的一生。

順治之謎：
是出家還是天花而死

　　順治十八年，正月初六，夜裡子時，深宮傳出了一個令人震驚的消息：年僅24歲的順治皇帝在養心殿駕崩。對於順治皇帝的死亡，《清世祖實錄》中的記載異常簡短，「丁巳，夜，子刻，上崩於養心殿。」為什麼關乎生死的大事，以寥寥數位敷衍了事，甚至對死因隻字未提？作為記錄順治皇帝生平最權威的檔案——《清世祖實錄》中有一段關於順治死前的最後記錄。順治患病是在順治十八年正月初二，到初六順治已經是病入膏肓。

　　《清世祖實錄》中用了200多字記載了順治死前的活動，而描述他的死亡卻僅有11個字，除時間、地點之外再也找不到任何的線索，這究竟是為什麼呢？不僅如此，清朝皇室家譜《玉牒》中也僅僅只記錄了

順治駕崩的時間，對於順治皇帝的死因依然是避而不談。就在順治駕崩後的第三天，不滿八歲的康熙登上了紫禁城金鑾殿的寶座。

皇宮中很快恢復了平靜，但是讓人們迷惑的是，24歲的順治皇帝，一向身體強健，從未聽說有什麼疾病纏身，為什麼會突然不治而亡？

相傳，順治皇帝迷戀上了一位董鄂妃，而順治的母親孝莊皇太后對此極為不滿，設計害死了董鄂妃。董鄂妃死後剛過百天，宮中傳出順治駕崩的消息。短短一百天裡，貴妃去世，天子駕崩，一切真的這麼巧合嗎？

順治帝與董鄂妃的故事傳得沸沸揚揚。民間有個傳說，說董鄂妃，即董小宛，原是江南八大名妓之一。詩書琴畫樣樣精通，長得嬌美動人。清兵南下時打到南京，董小宛被俘帶回北京，才藝兼具的董小宛入宮後深得順治的寵愛，最終被順治立為貴妃。

一代名妓成了皇貴妃，引起孝莊皇太后的不滿，於是設計害死了董小宛。清宮內國史院滿文檔案記載，順治皇帝14歲那年，在遵化打獵的時候，認識了

一位在山洞內靜修的法師。從那以後，便與佛結下了不解之緣。

一次順治來到北京的寧波天童寺對主持木陳忞說：「朕猜想我的前生一定是個僧人，所以現在一見了佛家寺院，就不想再回到宮了。要不是怕皇太后惦念，我早就出家了。」順治崇佛已久，而且早有出家之意，董鄂妃死後，他曾經一度傷心欲絕，無心朝政，病逝於養心殿也許僅僅是個對外託詞，而是遁入空門，削髮為僧。

據《起居注》記載，康熙即位後不久，孝莊皇太后曾多次帶著他上五臺山禮佛。此類活動本可以在北京舉行，可是他們偏偏不遠千里來到五臺山，而且這樣的活動不只進行過一次。

如此看來，順治在五臺山出家修行，也許才是隱藏在禮佛背後的真相。而這也就能夠解釋吳梅村在詩中所寫的「日往清涼山」。

庚子之變，慈禧太后西逃，當地要接待她，就從五臺山借了一些用具，與宮廷用具極為相似，可能是順治當年用過的。

　　如果將這些細節綜合起來，關於順治死亡之謎似乎可以還原成：孝莊害死了董小宛，順治心灰意冷，以病逝為託詞，到五臺山出家為僧。而孝莊唯恐此事為天下人所知，於是便假藉順治之名，偽造遺詔。遺詔中的種種自責，無疑是孝莊強加給順治「莫須有」的罪名。

　　順治朝的翰林院學士王熙曾寫過一部《自撰年譜》。在年譜中王熙談到，順治十八年正月初六，被召入養心殿，聆聽完順治帝旨意後，到乾清門起草遺詔，此份遺詔經御前大臣們三次修改，三次進呈，順治皇帝在病榻上咬著牙過目後欽定。

　　翰林院學士王熙在他的年譜中寫到，應召進入養心殿後，病榻上的順治帝對他說得了痘症，恐怕是好不了了。所謂的痘就是天花，順治皇帝從患病到駕崩，只有五天的時間，他的病症與天花病極為相似。

　　重新審視後，順治出家的說法又有疑點浮出水面。董小宛的丈夫──冒辟疆在《影梅庵憶語》中詳細追憶和董小宛的相識：己卯初夏，和董小宛第一次見面。（己卯──也就是明崇禎十二年，這一年董小

宛16歲，而順治才兩歲。）

　　董鄂妃並非董小宛，她也並非被孝莊設計害死的。事實上，董鄂妃是因為自己的孩子夭折，悲痛不已，因傷成疾而去世的。

　　據《續指月錄》記載，「玉林琇到北京後，聽說弟子茆溪森為順治剃髮，當即叫人架起柴堆，要燒死茆溪森。」順治得知這件事情後，無奈之下只好決定蓄髮還俗，不再出家。

　　這麼說來，傳說並非空穴來風，順治的確曾經削髮為僧，只是他的出家最終並沒有成行。

　　從種種史料和跡象推斷，順治患天花去世，似乎是最接近真相的答案。但是令人費解的是順治患病去世，應該屬於正常死亡。然而清宮檔案為什麼對順治的死因隻字未提，諱莫如深，難道順治死亡的背後還隱藏著什麼不可告人的祕密？

　　順治死後，朝廷依照遺囑，將他葬在清東陵。這塊風水寶地，是順治十四歲的冬天，在遵化躲避天花時發現並確定下來的。一代天子，竟為天花所迫，不得不離開皇宮，將自己放逐於北方的荒涼之地。

　　對於天花，當時的人們幾乎是談之色變。滿族入關後，到中原地區，天花細菌傳播非常厲害，再加上水土不服，順治進關十八年，很容易傳染上這種天花的疾病。為了不引起朝野的恐慌，清朝正史中有意隱去了順治死於天花的事實，也是在情理之中。

　　順治年間，一個叫張宸的官員所寫的個人筆記，書中這樣記載，正月初七，順治駕崩的第二天，朝廷在傳諭大赦的同時，還傳諭民間不許炒豆，不許點燈，不許倒垃圾。這些禁忌只有在皇帝「出痘」的情況下才會出現，因此，史學專家們更加確信順治皇帝就是因為天花死去的。

　　究竟是為什麼，史料在這麼多關鍵之處的記載，會有眾多異常的出入，這似乎很難用記述者的失誤來簡單地下結論。百年的時光悄然流逝，威嚴的紫禁城依舊沉默不語，關於順治的死亡，在時光的流逝中變得模糊不清，只能依靠史料中的零星記載，盡可能去還原那段歷史本來的面目。

　　為了愛情遁入空門只是充滿想像力的傳奇，從各種史料和跡象推斷，順治死於天花的可能性最大，但

並不是最終定論，順治神祕的死亡就在紫禁城的靜默中永遠被塵封。歷史正是因為有了諸多難以猜測的謎題，才會顯得如此耐人尋味。

【話說歷史】

民間傳說，明末清初，鄭成功據臺灣島抗清，順治皇帝御駕親征，來到廈門。鄭成功的部隊沿岸與清軍激戰，順治皇帝被鄭成功炮轟而死，江魚就吃了皇帝肉，從此魚鰾都不長了。

亡國之君：
荒誕宋徽宗自封教主誤國

　　宋徽宗可謂是在中國歷史上一位「赫赫有名」的皇帝，但他並不是因為有著怎樣的豐功偉績，而是以「風流奢靡」著稱於世。

　　眾所皆知，宋徽宗是一個荒淫無度、喜好玩樂、任用奸臣的昏君，北宋在其手中逐漸走向了滅亡的道路。他不是一個好皇帝，但卻是一個頗有才華的藝術家。

　　在政事上一無所為的宋徽宗，又是一個極端迷信的皇帝。在他統治期間，曾向全國各地搜集祥瑞的徵兆。比如，今天天神在坤寧殿顯靈了，明天在某某處又看見飛龍出現，或是像真宗時那樣在什麼地方看見天書了之類的東西等。只要有人上報，他就會一一封賞，有時還會率領眾多道士去祀天。

名人去向懸案──
名人們的生死之謎，浮生若夢何去何從

　　徽宗不僅自己崇信道教，還強行下令要百姓全部都信奉道教。而且每年都會給道士許多錢財，如此一來，越來越多的人都開始當道士，宋朝道士的人數空前增多起來。然而這些真假道士也開始四處招搖撞騙，成為社會的寄生蟲，嚴重侵蝕著宋朝的國力。

　　他尊崇道教，自稱「教主道君皇帝」，而且也喜歡別人稱呼他為「道君」或「道君皇帝」。不知道他是出於何種心理？其實這還要拜周圍那些奸臣道士的諂媚吹捧所致。

　　蔡京就是這樣一位奸臣！他把一個叫林靈素的游方道士推薦給了宋徽宗。林靈素得到宋徽宗的召見後，便開始拍馬屁說：「皇上您是天上的長生帝君，住在神宵宮玉清府；您的兄弟是青華帝君，你們都是玉皇大帝的兒子。」

　　宋徽宗聽說自己是長生帝君，玉帝之子，禁不住心花怒放。皇帝果然是比較好哄的啊！就這樣，徽宗認為自己是神仙下界來治理國家，身授天命，開始大興土木，修建宮殿，並且在道錄院讓道士們冊封自己為「教主道君皇帝」。還特賜給林靈素「金門羽客」

之號，又建通真宮讓他居住。果然荒誕至極！

接著他又耗費鉅資，大動土木，興建了很多宮觀廟宇。還給神仙人物加封賜號，和制定道教節日。加封玉皇大帝為「太上開天執符御曆含仁體道昊天玉皇上帝」。加封後土神為「承天效法厚德光大後土皇地祇」。加封莊子為「微妙元通真君」。列子為「致虛觀妙真君」。

他對道士給予優寵，提高道士地位。提倡學習道經，設立道學制度和道學博士。經常召見男女道士不計其數，特別注重符籙道術之類的，將道教的信仰推向高潮時期，勝過先皇宋太宗。因此，宋徽宗就成了中國歷史上最著名的「道君皇帝」，也可以說他是既當皇帝又在做道士。

那麼，治國是如何的呢？宋徽宗只圖享樂，不管政治，他嗜好聲色、書畫、鳥獸，貪戀於酒色娛樂，玩物喪志，疏於治理朝政，重用蔡京為宰相，童貫為親信，不察民情，只顧享受。

過著荒淫奢侈、紙醉金迷的糜爛生活。因此先後引發了大規模的農民起義。國弱民貧，導致了非常恥

名人去向懸案——
名人們的生死之謎，浮生若夢何去何從

辱的「靖康之難」。

　　而在這國破家難之際，宋徽宗仍然執迷不悟，說來也奇怪，自從他自封自己為「道君皇帝」之後就陷入了個人崇拜的漩渦中不能自拔。

　　靖康二年（1127）金兵大肆入侵中原，將京城汴梁圍困（現在的開封）宋徽宗在這危難之際竟然傳位給兒子宋欽宗，父子皆信有神相助，深信方士郭京與劉無忌招募五百兵，身負符籙，聲稱召請「六丁六甲」和「北斗神兵」等就會刀槍不入，神力無邊，都說人的信念能讓人變得異常強大，但宋徽宗也太自不量力了。

　　當他與金兵一交手，就被金兵的大炮與弓箭大敗，京城被攻克，北宋徹底消亡。

　　宋徽宗與兒子宋欽宗被抓去後囚禁在一座枯井裡，罰其坐井觀天，最後餓死了，這就是他的悲慘下場，徽宗被囚禁之時還身穿道袍，不忘記自己是道君皇帝。

【話說歷史】

宋徽宗崇道而亡國，其根本在於對宗教所謂神祕現象的迷信，對宗教基本教義的忽視，任何一件事物，脫離了本心，便走上了可怕的軌跡，凡事有好有壞，有善有惡，用之善，便善；用之惡，便惡，如果宗教不能做到啟迪人的心靈，必然毀滅，大惡者甚至亡家亡國。

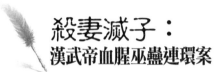

殺妻滅子：
漢武帝血腥巫蠱連環案

　　漢武帝的雄才大略舉世公認，他的富於進取和勃勃野心，中國得以開疆拓土，大漢帝國登上了強盛的顛峰，漢武帝也成為與秦始皇並稱的一代雄主。西漢的歷史也翻開了最為輝煌的一頁。

　　然而，這樣的一位帝王卻熱衷於修仙煉道，希望能夠跟黃帝一樣，乘龍而去。

　　由於武帝的迷信，到了晚年，卻引發了一系列的巫蠱案，給許多人帶來災難。巫蠱，也叫厭勝之術，即用紙人、草人、木偶、銅像等，作為被施術者的替身，刻上他們的名字和生辰八字然後埋進地下，或用針刺，巫師念咒語進行詛咒。巫師們認為這樣就可以讓被詛咒者不得好死。

　　最早的一起巫蠱案發生在天光五年。當時武帝已

經二十七歲了，但是卻沒有一個兒子。皇后陳阿嬌因此失去寵信。而武帝從平陽公主家帶回來的歌女衛子夫已經有了身孕。

阿嬌知道後，甚是嫉妒。於是，她施用婦人惑人的邪術，漢武帝知道後非常生氣，派人追查此事。結果發現巫師楚服為皇后祭祀詛咒。巫師楚服被斬首示眾，皇后被廢，居長門宮。禍及三百人！

這次巫蠱只是一個開頭，並沒有引起連鎖反應。所以，相比較於漢武帝後期的巫蠱案，這件案子還只是很小的一個。

漢武帝生性冷酷多疑，宮中巫術盛行，後宮中的妃嬪勾心鬥角，祭祀詛咒，有一些人還說後宮有人詛咒皇上，漢武帝大怒，派人徹查，結果後宮連及大臣死了數百人。

武帝經過這次事件後，當然時刻擔心被人暗算，怕有人用邪術詛咒他，身體變得很虛弱。

有一次，白天睡覺的時候夢見幾千個木偶人，手拿木棒來攻擊他。這件事被奸臣江充知道了，他利用漢武帝的迷信心理，煽動製造更大的「巫蠱」冤案。

江充與太子劉據有過一段過節。江充怕以後太子即位，自己會被太子誅殺，便先下手為強，上書漢武帝，說他身體虛弱是「巫蠱」作祟。

漢武帝責成江充查辦「巫蠱案」。江充千方百計地把「巫蠱」的禍水引向太子，在太子宮「掘地求蠱」，找到了為誣陷政敵而預先讓胡巫埋設好的桐木人。

當時，漢武帝在甘泉宮養病，皇后、太子都不能與之見面，江充的種種胡作非為也無法向漢武帝奏明。在忍無可忍的情況下，太子與母親衛皇后商量，於西元前91年7月，假傳皇帝詔書，發兵捕斬江充。漢武帝以為太子謀反，遂命人率兵鎮壓。

這次「巫蠱之亂」，導致漢武帝父子骨肉相殘，太子兵敗逃亡，後自殺。

衛皇后被廢自殺。太子妃史良娣、皇孫劉進及其妃王夫人，以及其他皇孫、皇孫女都罹難，連剛出生數月的皇曾孫也被抓進監獄。

至此，太子謀反事件結束了。但是巫蠱案還沒有結束，仍然繼續上演。太子巫蠱案的第二年，丞相劉

屈氂被捲入巫蠱案中，伏誅，丞相的丈人，正在出征
匈奴的貳師將軍李廣利也牽扯案中，家族被滅，貳師
將軍無奈之下，投降了匈奴。

　　漢武帝時期的三次「巫蠱案」使陳皇后被廢，衛
皇后被迫自殺，丞相被腰斬，太子劉據和兩位公主、
皇孫、皇孫女罹難，加上受牽連的人，前後超過10萬
人被殺，真是慘不忍睹。

　　更嚴重的是造成皇室接班人突然空缺，給漢政權
帶來了重大的政治危機。這些巫蠱案真真假假，虛虛
實實，很難說清楚到底有沒有事實。

　　給漢武帝帶來深深傷害的太子巫蠱案，最終的結
果卻讓人心酸。漢武帝派人調查了此案，才知道衛皇
后和太子劉據從來沒有埋過木頭人。最後，江充被滅
族，其他參與此事的大臣也都被處死。營救太子的李
壽跟張富昌，被封侯。武帝建造了一座思子宮，又在
湖縣建造了歸來望思台。

　　漢武帝在望思臺上想到自己的兒子和其他親人幾
乎全部因為自己的狂悖而一一慘死，只留下自己孑
然一身，成了真正的孤家寡人，不禁老淚縱橫。4年

後，漢武帝在一片淒風苦雨中黯然辭世。

【話說歷史】

漢武帝自己一手導演的「巫蠱」案，到了最後，讓自己孑然一身，可謂是「赤條條來去無牽掛」，而這其中，邪惡的人如江充最終也得到了懲罰，但是，善良的人也遭受了苦難。

第二章

名家死亡懸案——

風流名士已去，白衣卿相不在

齊桓公：
為何會有離奇下場

　　齊桓公，姜姓，呂氏，名小白，西元前686年與公子糾爭奪君位取得勝利，當了齊國國君。

　　即位後的齊桓公在管仲的輔佐下苦心經營40年，使齊國一躍成為春秋時最富有的國家。在外交上，齊桓公首先打出「尊王攘夷」的旗號，藉以團結中原各諸侯，受到中原各諸侯的信賴。他曾九次召集諸侯會盟，任盟主達40年之久，成為春秋時期最有實力的第一個盟主，文治武功盛極一時。

　　本以為作為一代霸王的齊桓公榮華富貴且不論，善始善終應不是奢望，但是，誰能料想到，最先成為霸主的齊桓公最後的下場竟然是被活活餓死。

　　西元前643年，管仲病重，齊桓公到他病榻前探望並詢問國家未來之事。

　　管仲交代說：「易牙、豎刁、開方這三個人絕不能接近和信任。」這三人是齊桓公身邊的寵臣，齊桓公問：「易牙把他親生兒子烹了給寡人吃，表明他愛寡人超過愛他兒子，為什麼不能信任？」

　　管仲說：「人世間最大的親情莫過於愛子，他對親生骨肉都不珍惜，怎麼會愛國君呢？」

　　齊桓公又問：「豎刁割自己的皮肉進宮侍候寡人，證明他愛寡人超過愛自己，為什麼不能信任？」

　　管仲說：「他對受之於父母的皮肉都不愛惜，怎麼會愛國君呢？」

　　齊桓公再問：「衛國公子開方放棄太子之尊到我手下稱臣，他父母死了也不回國奔喪，這表明他愛寡人超過愛父母，為什麼不能信任？」

　　管仲說：「最親近的莫過於父母，父母死了都不回國奔喪，這樣對待父母的人怎能奢望他對您忠誠？」

　　齊桓公雖口頭應承，但是行動上卻沒有遵從，繼續讓這三個小人在宮中主事，待到西元前643年，齊桓公患重病，易牙、豎刁等認為機會到了，便用桓公的名義張貼了一張佈告，禁止任何人入宮，並堵塞齊

宮大門，在大門前豎起一道高牆，不准任何人進出。

　　齊桓公病在床上，沒有一個人過問，連想喝口水都不能，這時，衛公子卻帶走千戶齊民降歸了衛國。

　　最後，這位稱雄一世的霸主竟然被活活餓死在宮內。齊桓公的五個兒子為了爭奪權位互相殘殺，誰也不管父親的死活。結果，齊桓公的屍體在壽宮中整整擱置了67天，屍體生了蛆也無人收葬，一代霸主竟落得如此可悲的下場。

　　【話說歷史】

　　齊桓公的晚年悲劇就像長鳴的警鐘，時刻提醒世人要注意身邊的小人，不要看到別人對自己好，就感動得一塌糊塗，而應用常情、常理去推理，才可以下結論，不讓小人趁虛而入。

曹操猜疑：
一代神醫滅頂之災，華佗之死

　　華佗「為人性惡，難得意，且恥以醫為業」。華
佗在醫治肉體疾患上可能是個舉世無雙的行家，而在
體察人情人心上，或許就多少有些糊塗了。

　　關於華佗之死，人們始終把他和歷史上另一位大
人物曹操聯繫在一起，曹操為此也背上了千古罵名。

　　他的死，倒不是因為得了什麼病入膏肓的不治之
症，而是他太執著，執著是有臨界值的，超過了，就
容易自殘，尤其在一個專權的時代，這種特立獨行的
生存方式沒有什麼市場，所謂「嶢嶢者易折，皎皎者
易汙」，但是也有人認為是華佗自己害了自己。

　　那麼，曹操和華佗之間到底發生了什麼？一直唯
才是舉的曹操為什麼要殺死身懷絕技的華佗？

　　華佗之死，是他自己要脅曹操的結果。那麼歷史

的真相究竟是什麼？曹操和華佗，一個是亂世梟雄，一個是走方郎中，兩人似乎關係不大，華佗為什麼會死在曹操的手上？我們還是先把視線放在第一個問題上，曹操為什麼要召見華佗？

流傳最廣的說法是《三國演義》的講法。曹操是殺死華佗的罪魁禍首，人們把指責和謾罵都指向了曹操。說曹操得了病，頭風病，頭疼，請華佗給他看病。華佗說，你這個病根在腦子裡，需要讓你喝一服藥，然後用利斧劈開你的腦袋，袪除病根，你這個病才能治好。

當然能做這個手術就很厲害了，但是曹操一怒之下把華佗關到監獄裡，然後殺了。

因為曹操這個人疑心很重，他覺得華佗這個醫療方案不懷好意，認為華佗是想藉這個機會替關羽報仇，殺死自己，所以曹操要召華佗首先是曹操得有病，曹操沒有病找個名醫來幹嘛？

史書記載曹操是「得病篤重」（《三國志・華佗傳》），病得很重了，然後使佗「專視」，召見華佗，專門為自己看病。曹操的頭風病天天發作，他離不開

華佗。

但是，華佗在曹操身邊只待了一陣子，請假走了。以什麼藉口請假走的呢？兩部史書記載的略有不同。

《三國志》記載，收到家信；《後漢書》記載，回家取藥方。曹操怎麼辦？曹操准假，曹操不能不准，你想想他回家取藥方，你不讓他回家取，他說我沒有藥方，怎麼給你治病？

《三國志》的記載只有一個理由，「久遠思家歸」（《三國志·華佗傳》），就是離家時間長，離家遠，想回家看看。他收到家書，你不讓他回去，那一定不能籠絡住華佗之心，曹操准假，讓他走了。

華佗請假回家以後，以他妻子有病為由，多次續假不回去。曹操反覆催促無果，最後曹操急了。

《三國志》的記載是「佗恃能厭食事」，《後漢書》記載的是「恃能厭事」。這兩個記載一樣，就是華佗仗著自己的醫術高明，不願意去為曹操一個人服務，結果曹操大怒，派人去查看他妻子是不是有病，一查發現他妻子裝病。曹操派人就把華佗抓起來送到許縣，關入獄中。結果，最後是巨星隕落，神醫枉

名家死亡懸案——
風流名士已去，白衣卿相不在

死，這就是華佗之死。

《三國志》跟《後漢書》記載略有差異，《三國志》成書在前，《後漢書》成書在後。

那麼華佗的真正死因是什麼？真正的死因其實是：第一，曹操既沒有把華佗看成人，尊重華佗的選擇，又沒有看重華佗的才，而是視華佗為鼠輩。既不重其人，又不重其才，他能不殺華佗嗎？重人、重才，只要有任何一點表現出來，他就不會殺華佗。

第二，觸怒了曹操。曹操又是寫信，又是派人去請華佗。但是呢？他騙曹操，死不回去，觸怒了曹操，這是最重要的原因。

唐代著名詩人劉禹錫在《華佗論》中只看到了一點，觸怒曹操了。他沒有看到另外一點，就是曹操沒有把華佗當做人和才來看待，這才導致神醫的被殺。後果非常嚴重的還有一點，就是麻沸散失傳了。

封建時代，一個人與一個居於核心統治地位的權勢集團是無法抗衡的。等到曾患「頭風病」的曹阿瞞「大怒」之下，祭起「法」這一獨裁利器，華佗再妙手，也只好乖乖地在專制的屠刀下束手待斃。

　　不想做聽話的奴才，就只能等死，正是這麼一種邏輯，多少傑出人才就無聲無息地隕落了。

　　在華佗生存的這個弱肉強食物的時代是必然要遭到撲殺的。死守自我，實際正走上一條有死無生的絕路。

【話說歷史】

　　一個大名鼎鼎的游方郎中到「挾天子以令諸侯」的一代梟雄的曹丞相府內的私人醫生、特聘專家，華佗的身價、地位可是大大抬升了、提高了；然而他的自由生存空間顯然卻大大縮小了、狹窄了。

曹操殺楊修案：
不是因為妒才

　　三國鼎立時代，有一位才子名叫楊修，他才思敏捷、聰明過人，學識超群，曾得到一代梟雄——曹操的賞識和重用，被任命「總知外內」的主簿，成為曹操身邊的一位不可多得的高級謀士。然而就是這樣一位人才，卻因為小小「雞肋事件」，最終被曹操殺掉。顯然，區區「雞肋事件」不足以解釋楊修被殺的結果，理由不充分。

　　那麼我們不禁要問：曹操當年草草除掉楊修，是因為妒忌楊修的才能，還是別有他因呢？

　　第一種觀點認為楊修之所以被殺，是因為其主公曹操生性兇殘，心胸狹隘自私，總愛嫉妒，忌諱自己下屬的才能與自己相當，甚至超越自己。

　　羅貫中在嘉靖本卷十五「曹孟德忌殺楊修」中的

話：「操平生為人，雖然用才能之人，心甚忌之，只恐人高如已」，可以證明這一點。除楊修之外，曹操嫉賢妒能性情下的冤死鬼，還有孔融，不是嗎？

第二種觀點認為楊修之死剛好印證那句話老話：「聰明反被聰明誤」，最終惹來殺身之禍，丟了自家卿卿性命。他總是自作聰明，恃才放曠，舉止輕狂，導致曹操心中對其暗存芥蒂，暗暗忌之戒備之，拿「雞肋事件」來說吧。當年曹操作戰失利，正為是否退兵之事舉棋不定時，隨口說了「雞肋」二字。二字一出，楊修竟擅自根據曹操的以往行事規律，推斷出主公必定決心退兵，並在軍中洩露和散佈退兵言論、私自命士兵收拾行囊，開始做撤退的準備。

楊修這一舉動渙散了軍心，動搖了將士們的鬥志，無論是在古代，還是現代，這種事都是絕對不允許發生的。最終，曹操為了嚴肅軍紀，秉公辦事，殺了楊修。

第三種觀點認為楊修的死與他參與曹操家庭內部爭寵奪位的鬥爭中有關。楊修為了讓自己的好朋友曹植當上曹氏接班人，竟全然不顧及曹操的感受，千方

百計地幫助曹植，曹植與曹丕間的衝突也因此不斷被激化。這破壞了曹操希望兒子們團結親近的美好願望，也引來了殺身之禍。

第四種觀點認為由於楊修是袁術的外甥，曹操怕養虎為患，於是藉「雞肋」事件將他斬草除根，以解後患之憂。

最後一種觀點認為楊修之死展示了中國古代封建社會裡統治者與知識份子之間、主人與奴僕之間的關係本質，是人們的個性活力在封建專制意識形態下的悲劇。歷朝歷代的封建統治者對待知識分子，具有極重的疑懼心態，但為維持其統治體系的運轉，又不得不加以利用的矛盾狀態。楊修「恃才放曠」不過是表面現象，內在的關鍵是他衝撞了固有的、神聖不可侵犯的封建等級秩序，最終釀成悲劇。

【話說歷史】

楊修死因究竟如何，可能連他自己到死也沒有弄得十分清楚。古人已經遠去，身後唯有留下團團迷霧。

西漢戰神：
少年英雄霍去病之死

　　提起霍去病無人不知。古往今來，沒有一個人在同樣年齡就能有他的成就──17歲兩出定襄、19歲三征河西、21歲縱橫漠北，殺到匈奴膽寒，甚至影響西亞歷史進程，年僅21歲就身居大司馬高位。

　　司馬遷在《史記》中，對這位名將的葬禮記載得非常清楚，但對他的死因，卻沒有任何記載，僅僅是「驃騎將軍自四年軍後三年，元狩六年而卒。」歷史總愛開令人扼腕的玩笑──上天賜給大漢朝這位千年難得的奇將後僅僅23年，就匆匆把他召喚了回去。天的那一頭，或許他正率驃騎兵將，談笑於烽煙戰火中，卻在不經意的離開瞬間，在歷史上，留下了一段難以摸清的迷案。

　　這樣一個風華正茂的將軍去世，卻沒有提及死

名家死亡懸案——
風流名士已去，白衣卿相不在

因，於是後人對司馬遷不免有一些「責怪」的意思。然而在如今看來，司馬遷如此記載，是在給後人某些示意。

霍去病病死之說，是最廣為流傳的，也是官方的說法。此說最早出自西漢時的褚少孫，他在《建元以來侯者年表》中有一段補記，藉霍光之口說霍去病是病死，這就讓後世的猜測更玄乎。霍去病年紀輕輕，武將出身，出征萬里都沒問題，何況一個小病。不過猝死的證據倒是有的——霍去病的兒子霍嬗也是年輕猝死。但這種可能性到底多大，誰也說不清楚，或許考古學能給我們答案。

另一種說法：意外或被殺。漢武帝自己命人做掉霍去病，以防止衛、霍聯盟。政治是無情的，即使是父子。武帝在衛青培養起來並迅速成才後，便意識到要有個制衡的方法——權力之爭中長大的武帝對這方面實在是太敏感了。

霍去病在漠北大戰後一連串的動作（殺李敢、勸封王子等），讓漢武帝覺得封大司馬，藉他平衡衛青勢力的初衷很難實現，反而有可能讓二人結立政治聯

盟進而影響自己的絕對集權。二虎相爭還好，若二虎同盟，最慘的就是自己，於是武帝起了殺心。

這種說法可能性更低，漢武帝一個兒子和熊打架被打死都有記載，當朝大將軍、大司馬意外死亡或被殺，不可能一點歷史證據或記錄都沒有——這可是國家大案！再說，想謀殺大將軍，也沒那麼容易。

有種說法是得傳染病或瘟疫而死。在戲劇上，普遍以這種說法為準。某戲劇裡有這樣一幕：匈奴撤到漠北，為了與漢軍周旋，單于把得瘟疫而死的動物丟到水源裡，霍去病率領的軍隊正好喝了這些水。回長安後霍去病殺李敢，被漢武帝貶往朔方，路上就得病了。

瘟疫這一說的漏洞是明顯的：若匈奴確實傳播了瘟疫，當時軍中將士肯定也難以倖免，不說大規模傳染，但死的人肯定不在少數——軍事史上哪次瘟疫事件死的人少了？死後武帝悲痛萬分，想再看他一眼，被侍者攔住，只能下令厚葬。

但史書上無論是霍去病列傳，還是匈奴列傳，為何找不到大規模死亡的相關記載？一起出征漠北的將

名家死亡懸案——
風流名士已去，白衣卿相不在

軍們也沒有一個有得傳染病而死的記錄。最重要的漏洞是：這類瘟疫潛伏期一般不會長，而霍去病是在漠北大戰後兩年才死。這個時間差，用瘟疫一說顯然很難解釋清楚，所以得病而死的可能性非常低。

最後一種說法是自殺。自殺的人無非是被逼得走投無路、沒有生存空間。我們來看看霍去病死前的生存空間：首先，漠北大戰後，他被武帝利用來壓制衛氏集團，顯然已經成為了衛氏集團的對立派，雖然霍去病心裡不願意，衛青這邊的親人也還當他是自己的親外甥，但衛氏集團的其他人可不一定這樣想——這是無情的政治，父子尚且相殘。旁邊的至親是有，但能依賴的基本上沒有——後來權傾漢朝的弟弟霍光還幼小呢。

其次，不管前面推斷是對是錯，但霍去病殺死李敢一事令他民心盡失，即使他位居大司馬，但在群眾中間並不見得有人氣，甚至對他極為不滿。

其三，他一手帶起來的人不是匈奴降將，就是只會打戰的低級軍官將領，連由皇帝指派的裨將都可以拒絕不要。在武帝跟前得勢後，原來跟著衛青的人也

有不少「叛變」去跟了霍去病。然而，霍去病跟這些人打打戰那是無往不勝，但談政治就別傻了。

綜合以上幾種死亡的說法，結論是只有一種可能——根本沒有瘟疫一事，也不是意外被殺。因為官方沒有或者不能有合理的解釋，所以病死就是最好的對外說法。至於真相，知道的人少之又少，可能武帝自己都不知道。

霍去病在死前，已經面臨著身居高位、無強力親人可依賴、官場無助無友、軍隊和群眾中備受指責、皇帝面前被疑這樣的局面。

他是名將，殺人如麻，他是當朝貴臣，甚至敢射殺九卿高官。但他同時也是個年輕的男人。這樣的生存環境，對一個23歲的人來說，是什麼樣的滋味？他會做出什麼樣的事情？有人說，天才都是孤獨的，這一點在霍去病身上表現得淋漓盡致。

雖然少年顯貴，但是未必能有平常人的快樂——壓力太大了，卻沒有人能幫他釋放。顯然，自殺對他來說，是個不錯的出路。或許，這便是在武帝手下為將者的悲哀——人才能被很好地發掘出來，但用完後

隨手就丟。

誰敢保證霍去病沒死，繼續壯大下去的話，不會被冷酷的武帝在某日隨手收拾掉了？對各種利益集團來說，也是個可以接受的事情。而如果霍去病確屬自殺，漢武帝有責任，衛氏集團更是直接的關係人，當然，他自己的性格也是重要原因之一。

然而，回顧武帝一生中的那些武將，除了衛青之外，幾乎沒有能得到善終的。

【話說歷史】

霍去病少年得意，性格孤傲不恤士卒，朋友不多，是孤立一派——武帝親手栽培起來用以平衡權力的工具。戰場上的霍去病殺起人來和漢武帝一樣「不眨眼」，但官場上的霍去病則是「無助」的——沒人給孤傲的他指點什麼，他和漢武帝一樣孤獨。

傀俄若玉山之將崩：
嵇康為何被殺

嵇康緣何被殺？兩晉的史學家都有記載，但卻是偏頗一詞，不足全信。

第一種說法：禍起呂安一案，後遭鐘會陷害

鑒於嵇康在魏晉時期的影響力，高官子弟鐘會鬱結嵇康之名提高自己在名士中的地位，但嵇康深惡此人，便對鐘會不予理會，由此鐘會便懷恨在心，伺機報復。

好巧不巧，嵇康的好友呂安有個漂亮的妻子，其兄呂巽垂涎弟妻美色已久，趁呂安外出，將弟妻灌醉進而姦污，並陷害其弟不孝曾毆打母親，因此呂安也身陷囹圄，嵇康為了向官府說明真相也被傳召至官府。這時在庭審的時候一個在幕後等了很久的小人鐘會出現了，他告訴司馬昭：「嵇康，臥龍也，不可

起。公無憂天下，顧以康為慮耳。」又說，當時曹氏心腹將領毌丘儉起兵造反的時候，嵇康就極力支持，嵇康、呂安這些平時言論放蕩，不拘禮法，有違孝道。做皇帝切不可留這樣的人，應儘早除之。帝聽會言，遂殺嵇康。

這個說法有很多邏輯不通的地方，第一，告呂安不孝，需要有足夠的證據，魏晉以孝治天下，不孝乃是大罪，不可妄下結論，必須有呂安母親的證詞才可定罪。第二、就當呂安不孝，但是有阮籍在母親服喪期間曾飲酒吃肉，司馬昭並沒有追究，但是此案為何一定要治呂安死罪呢？這就有失司法的公正性。

另外，鐘會陷害嵇康之詞也有不通之處。第一、毌丘儉反叛的時候，嵇康已移居山陽，也就是說嵇康有不在場的證據。第二、魏晉時代名士們大都蔑視禮法，狂放不羈，強調精神自由，展現個性的可愛。如若按此定罪，當誅者何止呂安一人？

第二種説法：政治鬥爭的犧牲品

嵇康有個特殊的身分，他是曹操的孫女婿，前文提到嵇康曾在山陽一住就是十幾年，其他地方也無所

謂，山陽這個地方司馬氏就比較敏感，因為漢獻帝被
貶以後就曾在這裡居住過，嵇康難道是思故主？這個
罪名可不輕，夠殺嵇康一千回的。

　　嵇康從來都不與司馬氏往來，好友山濤舉薦其出
任吏部郎，他不光是拒絕，還寫了與山濤的《絕交
書》。司馬昭曾欲藉嵇康的影響力為自己正名，但嵇
康卻以「非湯、武而薄周、孔」拒絕，這在名義上已
經表達了對司馬氏篡位的駁斥。

　　更為要命的是，嵇康在當時太有影響力了，在呂
安案被捕入獄以後，三千太學生請願，而且打出如不
釋放嵇康他們願意和嵇康一起坐牢，這下把司馬昭給
震住了，他沒有想到嵇康在文士中有如此之高的影響
力，這嚴重地威脅到了他執政的基礎，他於是下定決
心必除嵇康而後快，也算是殺一儆百！

【話說歷史】

　　嵇康的死有兩條線，一明一暗。明的一條是呂安
一案，暗的是嵇康不與司馬氏合作並且反對司馬氏篡

名家死亡懸案——
風流名士已去，白衣卿相不在

曹魏天下，兩條線就註定嵇康必遭殺身之禍。諸多兩晉的史學家掩耳盜鈴，替司馬氏掩飾罪行，而是把嵇康的死歸罪於鍾會的誣陷，這就導致很多迷信正史的人，對嵇康的死因不加懷疑，使得人們無法看到事實的真相。

民族矛盾犧牲品：
崔浩被誅之謎

　　崔浩，南北朝一流的軍事謀略家，他對促進北魏的統一發揮了積極的作用。但是他的死因卻成為一個歷史謎題。

　　由於崔浩的死作為當時一個重大的政治事件，它的牽扯面之廣、範圍大、涉及的人多在北魏史上也是絕無僅有的，這就更加增加了人們對於崔浩死因的研究，崔浩之死的直接原因是「國史」案，但是在這背後又有怎樣深刻的社會歷史原因呢？

崔浩的死是民族矛盾的犧牲品：

　　北魏的政權是少數民族——鮮卑拓跋部，作為遊牧民族的他們並不習慣中原封建化的制度和文化，他們喜歡在馬背上過無憂無慮的生活。而漢族士人階層並不買這些胡人的帳，雖然主子是胡人，但他們打心

裡是瞧不起這些舞刀弄槍的傢伙們。他們標榜大漢傳統文化，統治為士人集團服務，這些都動搖了鮮卑族貴族的利益。而最重要的是在民族大融合的過程中，拓跋部也深深地感受到漢文化正在不知不覺地改變著他們。他們似乎陷入了不在沉默中爆發就在沉默中滅亡的窘境，激烈的文化碰撞使這些少數民族感到雖然他們統治著這裡，但是這裡真正的主人並不是他們這些騎在馬背上的民族。崔浩更是在國史裡對拓跋氏的評價毫不避諱，全無尊主之心。這直接激發了深藏在拓跋部心裡最隱痛的自卑感和危機感，所以崔浩的死是少數民族和漢民族矛盾的犧牲品。

崔浩的死是個人政治仇怨所致：

崔浩的政治主張在朝中並無支持者。他主張封五等郡縣是擁護拓跋部政權的表現，並無民族矛盾表現。他主張分明姓族是統治階級內部等級的劃分，也無民族矛盾可言。所以崔浩被殺並不是因為不可調和的民族矛盾，而是因為崔浩平時樹敵過多，是政敵在恰當的時間、恰當的地點加了一把旺火，那麼崔浩的死也就不難理解了。

崔浩的死是拓跋統治階級內部矛盾的犧牲品：

中國現代最負盛名的歷史學家陳寅恪先生就曾說過：「殺浩者，鮮卑部落酋長，可以無疑。」也就是在鮮卑族入主中原的時候，他們自己也處在階級社會的過渡階段，貴族們的權利和王的權利發生著一些微妙的變化，以前的貴族手中有很多特權，過渡到封建制度後王的權力必然會削弱拓跋部貴族的利益，他們會把自己和王的矛盾轉化為與崔浩這樣得到王重用的人的矛盾，加上這些貴族天然地仇恨那些輔佐在王身邊的人。也就是說，貴族和官僚對崔浩的仇恨是導致崔浩被殺的根本原因。

崔浩的死是拓跋燾的意思：

崔浩被殺的最終裁決者是拓跋燾。那麼可以從拓跋燾的態度來分析崔浩的死因。崔浩死於拓跋燾打算攻打南下攻宋的關鍵時刻，這樣大規模的戰役，內部的團結是其取勝與否的關鍵，那麼崔浩的死也許是緩和內部矛盾的一劑良藥。另外一個原因就是當拓跋燾準備南下攻宋的時候，崔浩卻似機而動，雖然他是站在戰略的角度分析問題，但是崔浩的身分註定他的任

何不南下攻宋的建議都會給別有用心的人瞎想，而拓跋燾也許就是這裡面的一員。還有就是崔浩與太子晃等鮮卑貴族的矛盾，使拓跋燾深為疑忌。如若以後太子即位而崔浩跋扈如之奈何？另一個原因就是，崔浩藉助引道教排佛教來爭奪自己的政治地位，這與拓跋燾崇尚佛教大相徑庭。

崔浩的死因必然有其深刻的社會歷史原因，單純的以修國史作為崔浩之死的原因有失偏頗。

【話說歷史】

在歷史長河中，各民族不斷的融合，融合中不免產生多種矛盾，為更好的統一，只能在特殊時期犧牲特殊人才，完成大業。

攝政王猝死：
多爾袞猝死之謎

順治七年十二月，年僅39歲的攝政王多爾袞在狩獵途中突然猝死，死因成謎，官方史料對其死因也是含糊其辭。

那麼，正值壯年的多爾袞的死因到底是什麼呢？關於多爾袞的死因，歷來最普遍的說法有三種：

一是，多爾袞本身就體弱多病，他從小就患有頭風病，常常頭昏目眩。再加上多爾袞從少年時代就開始隨軍征戰，南征北討，攻戰北京、一統中原，日理萬機，積勞成疾。身體是革命的本錢，體弱多病的多爾袞在長年的征戰之中更是身體每況愈下。

二是，多爾袞的親人相繼離世給多爾袞帶來了嚴重的精神創傷。尤其是多鐸的死，給多爾袞帶來的打擊很大。多鐸是多爾袞的胞弟，與多爾袞之間的感情

名家死亡懸案──
風流名士已去，白衣卿相不在

十分深厚，又是多爾袞最強勁最忠心的政治支持者，多鐸的死讓多爾袞十分傷心難過。多鐸死後不久，多爾袞的弟妹、嫂子以及與自己相濡以沫25年的正妃都相繼離世，這些都給多爾袞的心裡蒙上巨大的陰影。

三是，多爾袞縱欲過度。多爾袞有名可查的妃子就有十個，其他的妻妾還不知道有多少。喜好女色，致使本就虛弱的身體更加虛弱，病情更加嚴重。

關於多爾痛的死因，還有另外一種觀點，即多爾袞之死是出於他殺，是一場政治陰謀。順治七年十一月十三日，多爾袞出獵，十一月十八日多爾袞到達遵化，十九日，宿遵化。二十日，宿三屯營。十二月初五日，宿劉漢河。初七日，宿喀喇城。是日，皇父攝政王病重歇息。初九日，戊子，戌時，皇父攝政王崩。出獵途中唯一的意外是多爾袞因墜馬受傷，但是小小的腿傷，竟能讓正值壯年的多爾袞在如此短的時間內死亡，顯然是不可能。

多爾袞當時的行進路線之中，喀喇城最為引人關注，因為喀喇城條件惡劣，如果多爾袞病重，絕不會轉移到這麼一個荒蕪之地來修養，這對他的身體並沒

有好處，因此在多爾袞到達喀喇城之前，他的身體應該毫無大礙。那麼，在喀喇城期間發生了什麼，讓一個健康的人在短短兩天內身體急轉直下，直到猝死。

有學者認為，多爾袞的死因極有可能是腦溢血。腦溢血是一種突發性疾病，發病率也極高，發病之時會失語、偏癱，意識不清、頭痛、嘔吐。而根據多爾袞死亡的狀況來分析，多爾袞極有可能是死於腦溢血。一方面，多爾袞的家族本就有腦溢血遺傳病史，在這之前死於腦溢血的還有莽古爾泰、德格類、皇太極、豪格。另一方面，多爾袞死之前幾個小時頭痛欲裂、口不能言，而且是突發疾病，這種情況也極符合腦溢血的發病症狀。

如果這個假設成立，誘發多爾袞突發腦溢血的主因又是什麼？這也是多爾袞死因的最大謎題。一般來說，突發腦溢血主因都是情緒激動，那麼又是何事讓多爾袞如此激動？

清代歷來就有先大婚後親政的傳統。多爾袞出獵的時間與順治大婚親政的時間極為接近，因此多爾袞此次出獵就可能是趁著出獵為小皇帝選定皇后人選。

另外，也只有多爾袞生前就已經選定好了人選，小皇帝也才有可能在多爾袞死後短短的一段時間內大婚、親政。

據《世祖實錄》記載，阿濟格在多爾袞死亡之日的早晨，派人去娶了葛丹之女。阿濟格相中了葛丹之女，所以決定在多爾袞死去之前娶了這個女人，因為如果多爾袞死後，必然會高規格發喪，到時阿濟格是不可能在國喪期間娶妻的。

所以他就想在多爾袞死亡的當天早上派人緊急地去討要了那個女人。如果任何一個人在多爾袞病重之時，把這個消息告訴了多爾袞，在極度的憤怒加失望之下，多爾袞就有可能一口氣上不來。

至於這個告密者，濟爾哈朗和蘇克薩哈的嫌疑最大。因為濟爾哈朗被多爾袞打壓，仇恨之心和權欲使他極具動機謀害多爾袞。多爾袞出獵，他一直陪伴左右，作案動機和作案條件以及作案能力，濟爾哈朗都具備了。

蘇克薩哈是多爾袞的親信，在多爾袞死後就第一個站出來指證多爾袞。所以在多爾袞即將死去的關鍵

時刻，蘇克薩哈一定得重新為自己選擇一個靠山，而幫助濟爾哈朗除去多爾袞可謂是利大於弊。

順治親政後十年，濟爾哈朗就漸漸退居二線，頤養天年去了。蘇克薩哈則成為乾隆為多爾袞平反的替罪羔羊。

【話說歷史】

有關多爾袞之死，眾多影視作品中都有所表述，但是演的是真正的歷史嗎？還有待於考證。

同治帝：
死於天花還是梅毒

　　清入關後第八代皇帝同治，是葉赫那拉氏(慈禧)於咸豐六年(西元1856年)所生，同時也是咸豐皇帝的獨子。同治六歲時即咸豐十一年(西元1861年)登基稱帝，同治十二年(西元1873年)親政。

　　但他於同治十三年十二月初五日即病逝，此時距其親政日期不到兩年。在晚清的皇帝中，同治皇帝的死因一直是史界和一般老百姓津津樂道的話題。

　　同治帝年僅19歲就去世，這樣的一個小皇帝，他是怎麼死的？根據正史記載是死於天花，當時的醫學根本治不了這種病，不過民間還存在有其他說法。有人說他是嫖妓後得了風流病梅毒而不治身亡。

　　同治死於梅毒的說法透過野史、小說、電影等通俗載體流傳於世，似乎是家喻戶曉，成為老百姓茶餘

飯後的談資。在歷史研究者當中，也有人持同治死於梅毒說法的，但更多的研究者認為應根據可靠的檔案史料來解開這個疑案。他們透過對清宮檔案史料的分析，認定同治死於天花而不是梅毒。不過還有一些人認為他是被慈禧太后害死的，同治的死因也就成為中國近代史上解不開的謎。

關於天花的說法，清代檔案中發現了記載同治帝脈案的《萬歲爺進藥用藥底簿》，它比較詳細地記錄了自同治十三年十月三十日下午同治帝得病，召御醫李德立等人入宮請脈，直至十二月初五日夜病死，前後37天的脈案，完全可以證明同治帝是因患天花而死的。這本脈案是敬事房太監根據當時的御醫每天請脈記錄和所開的方子，譽抄匯輯成冊的。

專家認為它是今天分析研究同治帝究竟死於何病的第一手寶貴資料。最後說的是同治帝用藥無效，以致於身亡。

而民間的大多傳聞卻說同治帝是死於梅毒。《清朝野史大觀》敘述的十分詳細。書中說同治帝十分敬愛端莊貞靜的阿魯特皇后，但慈禧太后淫威濫施，同

名家死亡懸案──
風流名士已去，白衣卿相不在

治帝和皇后不能款洽相親。慈禧特別喜歡侍郎鳳秀的
女兒，想冊立她為皇后。

鳳秀的女兒人長得很漂亮，但舉止特別輕佻，同
治帝並不喜歡。慈禧強迫同治帝去愛不想愛的鳳秀女
兒（後被立為慧妃）。遂盡失情愛之樂，於是微服出
外縱情淫樂，尋花問柳，時間一長就染上了梅毒。雖
然這些傳聞的真實性還有待考證，但這些傳聞傳揚甚
廣，而同治帝又死得可疑，因此許多人懷疑他死於梅
毒也就不奇怪了。不過還存在著另一種比較少見的說
法。有人說是慈禧間接害死同治帝的。

當時同治帝知道自己得病後，召太醫來診斷，太
醫一看，大驚失色，知道這是淫亂所致。但又不敢說
出來，反而去請示慈禧，詢問是什麼疾病。慈禧下旨
道：「恐怕是屬於天花。」太醫就拿治痘症的藥來醫
治，自然這樣的藥是不見任何效果的。同治帝得病後
內心十分急躁，厲聲大罵御醫：「我得的不是天花病，
為什麼要當作天花來治療？」

太醫奏道：「這是太后的旨意呀！」同治帝這才
不說話，而內心咬牙切齒的發恨。臨死前的幾天，同

94

治帝的頭髮全部脫落，下陰部潰爛，發出極其難聞的
臭味，據說潰爛處有洞，能看見腰腎。不過這種說法
得不到證實，而且相信的人也較少。

【話說歷史】

　　同治帝也算是短命皇帝了，終年十九，既沒有享
受童年之樂，之後也因慈禧的壓制而沒有自主之權。
皇帝的命運也許不比平凡人好多少。可憐可歎！

禁煙大臣：
林則徐的生死之謎

林則徐生於1785年8月30日（乾隆五十年），卒於1850年11月22日（道光三十年），福建侯官人。他是中華民族抵禦外辱過程中偉大的民族英雄，因主張嚴禁鴉片、抵抗西方的侵略、堅持維護中國主權和民族利益深受全世界中國人的敬仰。

道光十八年(1838年)，道光皇帝特命林則徐為欽差大臣赴粵查辦禁煙。

道光十九年四月二十二日(1839年6月3日)，林則徐在虎門海灘上將從英國手裡收繳全部鴉片近2萬箱（約237萬餘斤）當眾銷毀，沉重地打擊了侵略者的囂張氣焰。

林則徐抗英有功，卻遭投降派誣陷。道光二十一年(1841年7月14日)，昏庸、剛愎的道光皇帝為討好英

帝國主義，將在廣東查禁鴉片立有首功的林則徐罷去
欽差大臣和兩廣總督的職務，調往浙江軍營「戴罪立
功」。

一個月之後，林則徐又被道光皇帝一道諭旨「從
重發往伊犁，效力贖罪。」他忍辱負重，踏上戍途。

道光三十年(1850年)清政府為進剿太平軍，再任
命他為欽差大臣，督理廣西軍務。他帶著兒子林聰勇
和親信幕僚劉存仁，離開了家鄉福建，星夜兼程，直
奔廣西。當一行人路經廣東普甯時，林則徐突然發
病，且病情越來越重，不省人事。

1850年11月22日，林則徐暴卒於潮州普寧縣行
館，終年66歲。關於林則徐為何突然發病而死，民間
認為可能是被人陷害。因為林則徐在廣東大力禁煙，
得罪了不少人，被人下毒害死也是可能的。至於下毒
之人，傳得沸沸揚揚的就是林則徐在廣州查辦鴉片時
雇用的廚子鄭發，林則徐獲罪充軍伊犁後，鄭發就投
靠洋人了。

據坊間傳言，林則徐臨死前大喊「星斗南」三字，
按福州方言，「星斗南」乃「新豆欄」。而新豆欄在

名家死亡懸案──
風流名士已去，白衣卿相不在

廣州十三行附近。按林則徐曾孫林蘭岑的分析，廣東十三行行商們，乃食夷利者，特恨林公，怕他重來使壞，故買通廚人鄭發，用巴豆這種十分厲害的瀉藥熬粥給林公喝，林公於是病瀉不已，委頓而死。

更有人直接點名，最恨林公的，乃是行商商總伍家，聽說林公復督粵事，非常恐懼，遂遣親信帶鉅款賄賂林公廚人。

林則徐死後，廣東一帶就傳說：有人親眼看見在廣州一家客棧，十三洋行總頭目伍紹榮手下的一名親信與鄭發竊竊私語，桌上有一堆白花花的元寶。還有人說，林則徐轎子的扶手上，抹有劇毒……

近年來有人根據新近發現的林則徐《訃文》和林則徐之子林汝舟《致陳子茂書》等資料，認為林則徐的死因不是被毒死也並不只是腹瀉。

自11月12日至15日，林則徐一直在趕路，沒有服藥，所以吐瀉情況已很嚴重。15、16日服用「中和之劑」後，吐瀉情況有所好轉，但林則徐抱病繼續日夜兼程，因辛勞顛簸，身體得不到休息，病情則轉為「胸次結脹」、「痰喘發厥」，引發了心肺舊疾，以

致「兩脈俱空，上喘下墜」，「喘急愈甚」。

在元氣大虧、脾胃虛寒的情況下，醫生卻又「投以參桂重劑」、「連進葓劑」，結果藥力未及奏效，反使喘咳增加，舌蹇氣促，加上他已是66歲高齡之人，經不起路途顛簸，終致無法挽救。

【話說歷史】

有關林則徐暴死的原因，說法不一，眾說紛紜，莫衷一是，成為100多年來的一個謎。

唐太宗：
吃丹藥暴死之謎

唐太宗是中國封建社會一位比較開明的皇帝。這是毋庸置疑的。在貞觀前期，他重人事，少迷信，勵精圖治，開創了歷史上有名的「貞觀之治」鼎盛時期。

然而，李世民的「晚年」，也就是他做皇帝的最後幾年，一反常態，既迷信占卜，又癡迷丹藥，竟在五十三歲英年早逝。

為什麼賢良的君王會有這麼突然的轉變，追求長生不老，然後吃丹藥而暴亡呢？

其實，一開始的時候，唐太宗對長生不老，對迷信思想是有所懷疑，有所否定的。他嘲笑秦始皇、漢武帝慕求神仙的愚蠢行為。說：「神仙事本虛妄，空有其名」。還說秦始皇想求長生不老被方士欺騙，派

方士率幾千童男童女入海求仙藥，仙藥沒找到，連性
命都賠上，什麼也沒有得到。

說漢武帝求神仙，把女兒嫁給了方士，結果還是
被騙。隋文帝、隋煬帝都喜好祥瑞迷信，唐太宗常常
譏笑他們。

貞觀二年，太宗寢殿的大槐樹上，飛來了稀有的
白鵲，築起了一座鳥巢。有人以為是祥瑞的象徵，紛
紛道賀。太宗卻嚴肅地說：「祥瑞在於得到賢才，這
有什麼值得慶賀的？」他還對大臣們說：「梁武帝君
臣只談佛家的空苦之論，侯景之亂，百官不能騎馬。
齊元帝被北周軍隊圍困，卻還在講述《老子》，百官
穿著戰袍聆聽。這些都應深以為戒。朕所好者，只是
堯、舜、周、孔之道」。看來，話不能說得太早。在
這裡，我們可以看到唐太宗對於神仙方術是深惡痛絕
的。然而，歷史竟也是這般曲折多變！

晚年的唐太宗竟然也和歷史上許多有作為的封建
帝王如秦皇漢武那樣，開始愚昧地追求長生不老，服
食丹藥，這究竟算不算是一種諷刺呢？

人都是畏懼死亡的，當你覺得死亡開始逼近的時

候。晚年的唐太宗的健康狀況趨向下降，很少服藥的他開始服食藥石了，但身體卻是時好時壞，添了更多的病症。

藥物治療未見好轉，他便想透過超自然力量的迷信，希望透過長生不老藥收到奇效。於是，他開始服食丹藥。可是兩年了，這些丹藥還是不曾見效。唐太宗以為是國內方士們道術尚淺，於是派人四處訪求國外高人。從國外引進丹藥，這大概是唐太宗的首創。

大臣們為了迎合唐太宗這種心理，向他推薦了天竺國的一位方士。貞觀二十二年，大臣王玄策在對外作戰中，俘獲了一名印度和尚，名叫那羅邇娑婆。那羅邇娑婆吹噓自己有二百歲高齡，專門研究長生不老之術，並信誓旦旦地說，吃了他煉的丹藥一定能長生不老，甚至可以在大白天飛升到天宮裡去成為仙人。

他這番鬼話打動了李世民企求健康、追求長壽的心理，於是他讓這個印度和尚安排住進了豪華的館驛，每餐都是豐盛的美食，天天有一大群下人侍奉著，生活不亞於帝王。

那羅邇娑婆見李世民對自己深信不疑，就煞有介

事地開出一大串稀奇古怪的藥名來，李世民號令天下，按此方採集諸藥異石，不論任何代價，不惜一切犧牲，只要能採辦到印度和尚藥方中的藥，哪怕刀山火海也得取來。

　　經過一年的煉製，到貞觀二十三年春，丹藥終於出爐，見到盼望已久的仙丹，唐太宗如獲至寶，他按照那羅邇娑婆的囑咐，依法服食。但令太宗萬萬沒有想到的是，長生不老藥成了「催命藥」，他服下仙丹之後，頓感不適，病情加劇。

　　接著，唐太宗把自己寫好的《帝範》十二篇，當面賜給太子李治，他指著《帝范》對李治說：「修身治國的道理都在書裡面了。我一旦離開人世，要說的話都在這裡面了。你應當求古代的明君賢主作你的榜樣，像我這樣的君主是不值得你效法的。吾自居帝位以來，不善的事做了不少：錦繡珠玉堆滿我的面前；宮室台榭時有興建；巡遊四方百姓勞煩……」，李世民對太子李治帶著後悔心情說的這一段話，或許是感知自己的生命快到盡頭給李治的治國口諭遺詔吧！兩個月之後，太宗暴疾而終！

名家死亡懸案——
風流名士已去，白衣卿相不在

　　假如唐太宗不吃丹藥，還可能多活幾年，卻因服食丹藥導致的病情急劇惡化提前結束了他的生命。他也算是中國歷史上被「長生不老藥」毒死的第一個皇帝。看來，丹藥葬送了太宗的性命，確是事實。那麼，那羅邇娑婆一定是會死的，說不定還要誅九族。但他不僅沒被殺，還被「放還本國」了。新繼位的唐高宗擔心，若是把他殺了，會將事情鬧得沸沸揚揚，讓天下人笑話說一代君主死於吃丹藥，於是大事化了，打發走了。

　　曾經嘲笑過秦始皇、漢武帝求長生藥的一代明君李世民，沒有能夠做到慎終如始，自己也被「長生不老藥」毒死，過早離開了人間，可悲可歎！

【話說歷史】

　　戲劇性的是太宗五十步笑百步，沒有想到自己也會同秦皇漢武那樣，甚至有過之而無不及。看來，言多必失是對的，言之過早也是對的。而長生不老藥只能留待後人繼續「考查」了！

第三章

亂世爭戰血案──

醉臥沙場君莫笑，古來征戰幾人回

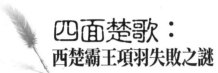

四面楚歌：
西楚霸王項羽失敗之謎

　　秦朝末年，出身貴族的項羽勇猛善戰，無人能
敵。他的性格直爽豪放，是個令人敬畏的西楚霸王。
項羽具有博大高遠的志向，這在《史記項羽本紀》中
也有描寫：項羽年輕的時候，叔父項梁教他書劍，他
不屑於學；叔父很生氣，他卻說「書足以記名姓而
已。劍一人敵，不足學，學萬人敵」也許有人說這是
項羽心高氣傲，不足以為證。

　　那麼還有一條，想必沒有人會反駁。秦始皇遊會
稽的時候被項羽和項梁看到了，項羽說「彼可取而代
也」。然而四年楚漢戰爭後，項羽兵敗被圍垓下，霸
王別姬，烏江自刎，是何等的悲壯，成了一個悲劇人
物留在了人們的心裡。

　　西漢著名的史學家司馬遷在他的史傳散文《史

記・項羽本紀》中花費大量的筆墨來描寫這個末路英雄，使後世讀者無不為這個孤膽英雄扼腕歎息。項羽的失敗留給人們無盡的思考，想據此找出他失敗的原因。

項羽是秦末農民戰爭中的傑出人物。西元前206年二月，項羽自立為西楚霸王，都彭城；尊楚懷王為義帝，遷之於江南。

西元前202年，劉邦追項羽至垓下。項羽只剩下八百餘人，四面楚歌聲中，項羽與寵姬虞姬訣別，突圍南走。項羽帶了這二十六騎，又繼續向東南奔逃，來到長江江岸的和縣東北的烏江鎮渡口。項羽手殺漢軍數百人，自己也負傷十餘處。他知道大勢已去，仰望蒼天，大吼一聲，揮劍自刎。

歷時四年的楚漢戰爭以劉邦取得勝利最後即皇帝位而結束，四年前後劉邦和項羽地位的轉變，如謎一般為史書記錄，但史書並沒有給出什麼明確答案。

自信是成功的原因之一，但是過度的自信就是剛愎自用，而項羽就是這樣的人。這樣的性格使他在抗秦鬥爭中無所畏懼，但是也使他在楚漢相爭中失誤連

連。這種剛愎自用表現在用人方面就是任人唯親。他用的人不是項氏家族，就是妻子的兄弟。雖然手下曾經有傑出的將領人才，但是他卻不用，以致後來軍中將領大都離他而去。

韓信在項羽軍中多次獻策，但是都不被採用，最終韓信亦叛楚歸漢，投奔劉邦。而他所信任楚人和項氏卻有負他的重託，甚至成為內奸。

項伯在楚漢相爭的關鍵時刻多次出手幫助劉邦。項羽剛到函谷關時，憑藉自身強大的軍事實力，完全可能戰勝劉邦。但是項伯因為張良曾經幫過他，出於報恩的觀念，夜訪張良，洩露軍機，並且還和劉邦約為兒女親家，使劉邦君臣做好了準備。

鴻門宴上，范增命項莊「因擊沛公於坐，殺之」而「項伯亦拔劍起舞，常一身翼蔽之，莊不得擊」致使劉邦逃走，為以後的楚漢相爭留下後患。項伯還接受張良的賄賂為劉邦求情分封漢中。

滎陽之戰時，項羽要烹殺劉邦的父親，又是項伯出面阻止。如果說項羽夜見張良是為了報答張良的救命之恩，那麼以後的行為則只能說他是一個內奸，劉

邦的幫兇。

對項羽失敗的原因，很多人進行了探討，但看法不全一樣。有人認為項羽之所以失敗主要是他實行了分封。

在政治上劉邦是進步的，項羽是反動的，他大搞分封，符合舊貴族的利益，卻違背廣大人民的利益，日益陷於孤立，終歸於敗亡。也有人指出項羽缺乏政治頭腦，陶醉於眼前的成功，一心沽名釣譽。

項羽滅秦後，「分裂天下而封諸侯」，使國家又回到四分五裂的局面；而劉邦果斷地建立帝制，重新統一了國家，這是得民心，順應歷史潮流的。項羽的悲劇不僅僅在於沒有在鴻門宴上殺掉劉邦，更在於沒有克服自身性格上的缺陷；即使如果沒有劉邦，項羽依然會失敗。他只適合做一個叱吒風雲的將軍，而不適合做統領天下的王者。

平時吝嗇分封，勝利之後，又極其簡單地以封王的形式肯定和承認割據勢力。因與歷史發展趨勢背道而馳，終遭失敗。

另一種觀點認為劉邦、項羽的成敗，是他們個人

素質所致。項羽過於殘暴，自恃拒諫，是出色的軍事家，但不是成功的政治家。

劉邦品格低劣，成功在長於權術，善於用人。項羽起兵反秦時打的是誅滅暴秦的旗號，而他自己後來的行為與秦始皇相比，實在是有過之而無不及。《史記》中有幾個小片段可以為證：項羽不是對降兵善加督導，化為己用，反而因害怕降卒不服而夜擊坑秦卒二十餘萬人。

入關後，引兵西屠咸陽，殺秦降王子嬰，燒秦宮室，火三月不滅，收其貨寶婦女而東。漢二年冬。因封侯不當，田榮起兵反叛。

項羽平叛後，「皆坑田榮降卒，虜其老弱婦女，徇齊至北海，多所殘滅。」被項羽活埋的二十萬秦軍其實是穿著軍裝的普通老百姓，而他燒的不僅是秦國人民創造的偉大物質財富——宮殿，也是中國歷代典籍圖冊等大量的精神財富。

而劉邦，雖然這個流氓無產者也照樣討厭儒生，對宮殿和美女照樣饞涎欲滴，但還是採納了張良與蕭何的意見，秋毫無犯，大得民心。

　　項羽失敗在於用人唯親，不講策略。更有人認為
項羽失敗原因除了個人因素外，還有推翻暴秦後，沒
有給人民帶來任何利益和生存生產的條件，而內部有
不折不扣的奸細項伯破壞。

　　各家意見分歧頗大，要取得觀點一致，已不能局
限於原有的史學方法，須加強歷史人物個性的研究。

【話說歷史】

　　項羽發怒時，大喝一聲，在他旁邊的上千個人，
都會被他震懾得不敢動彈，但他不會懂得如何使用有
才能的謀士良將，這也只不過是匹夫之勇。

藺相如和廉頗：
將相和不過是假像

「將相和」是一直流傳至今。一直以來，人們都認為「將相和」只是藺相如為趙國著想，面對廉頗的挑釁，處處忍讓。

然而真相真是這樣嗎？其實不然，「將相和」隱藏著更深刻的內涵，不僅關係到廉頗藺相如的個人仕途，還關係到整個趙國的外交路線。

首先，戰國時期，趙國是東方強國，國內文有藺相如，武有廉頗。但是，不管是廉頗還是藺相如，他們在趙國都是權重之臣，卻並不是位高之人。因為戰國時期，一個人在政治上成就的主要標誌並不在於封將拜相、擔任國家的重要軍政職務，而是封君命侯、獲得貴族爵位。

廉頗戰功卓著，但是面對趙國邊將難封的政治現

實，他也用了三十年才得以封君。但是，戰功遠不如廉頗的樂毅、趙奢、趙括都早早的封君，甚至連外國降將都能輕易地封君拜侯。為趙國出生入死的廉頗，卻遠不如這些人。這讓廉頗的心裡頗為難受。

對藺相如而言，他的政治生涯更為辛酸。因為他曾是趙國宦官繆賢的舍人，是透過繆賢才能進入趙國政治中心。即使藺相如十分得寵於趙王，但是他還是受到趙國貴族的歧視，藺相如要封君命侯，路途比廉頗更為艱難。

一開始，廉頗也瞧不起藺相如，所以處處挑釁，但是聰明的藺相如卻發現，與自己處境相同的廉頗將極有可能成為自己政治上最大的盟友，同是天涯淪落人之感也油然而生。廉頗也意識到了這一點。他們出於共同的利益和政治需要，結為盟友，才能與趙國貴族競爭。

其次，「將相和」與趙國的外交路線有關。可說這是一場由趙王主導的改革，是對趙國政治結構的一次全新佈局，更進一步言是對聯秦和抗秦兩種外交路線的融合。

亂世爭戰血案——

醉臥沙場君莫笑，古來征戰幾人回

　　廉頗是趙國軍事的主要力量，曾經攻打過燕、齊、魏，都取得了巨大成功。但是，廉頗對秦國的戰爭卻只有長平一戰，而且還消極應戰。

　　顯然，廉頗並不想與秦國結怨，他屬於聯秦派。至於藺相如，可以從他的眾多行為之中看出他對秦的態度是抗秦。

　　著名的「完璧歸趙」的故事中，藺相如戲弄了秦王一番，寧願以趙國的大量土地和人民作為代價，也要把和氏璧偷渡回趙。

　　另外，藺相如是官繆賢的舍人，繆賢與燕王交好，燕國是最大抗秦國，那麼作為繆賢謀士的藺相如無疑也是抗秦派。

　　初始，廉頗和藺相如之間不和，也極有可能是因為相雙政治路線的不統一。廉頗處處挑釁藺相如，藺相如處處忍讓，還把廉頗與秦王作比較，其實也是別具深意。他告訴了廉頗一個道理：雖然我們的政治路線有異，並不代表我害怕你。但是我們的目的一樣，都是要讓趙國強大起來，只有我們合作才能達到這一目的。

這也是趙王的旨意。當廉頗明白這層含義之後，就有了「負荊請罪」的典故。

這就是趙王高明的地方。他清楚地意識到，如果想要讓自己統治下的能人既形成合力、又互相制約，那麼實現派系間的平衡佈局就非常重要。

不論是聯秦還是抗秦，都必須要相互制橫，不能讓任何一方過於強大。聯秦，與秦國走得太近，會引起其他各國的反感。抗秦，也會引起秦國的反擊。只有綜合這兩種勢力，才可能各方都不得罪。

而且在必要的時候，趙國面對其他各國才能有才可用。例如，在趙孝成王繼位之後，秦攻打趙國，藺相如決定向齊國借兵。由誰出面借兵呢？最佳人選──藺相如。因為在此五年之前，藺相如帶兵攻齊，作國抗秦派的藺相如主動向齊言和，這也成了此次借兵的基礎。

再比如說，長平之戰，秦攻趙，秦趙之間實力懸殊，如果硬攻，趙國勝利的機會並不高。此時最佳的將領就應該是屬於聯秦派的廉頗。廉頗也的確是這麼做的，消極應戰。

亂世爭戰血案——
醉臥沙場君莫笑，古來征戰幾人回

「將相和」的最終目的也得以實現，需要紅臉就推出紅臉，需要白臉就推出白臉。

【話說歷史】

時過境遷，當藺相如病死之後，「將相和」的局面也被打破，老將廉頗已經不能再為趙國在七國之間尋得立足之地，趙國逐步走向滅亡。從反面論證了趙王一手主導「將相和」的局面，是出於趙國的生存發展而不得不做的局。

忠烈滿門：
楊家將的虛虛實實

　　楊家將是一個不衰的題材，電視、電影每次翻拍都能繼續賺人眼淚的戲劇。試想，一家父子兄弟，為保衛國家疆土，全部披甲上陣，金沙灘一役，這家的父子兄弟八人，死了5個，失蹤兩個（後來演繹成一個出家一個成為遼邦駙馬），只剩一人生還。在這種情況下，這個偉大的家庭還是讓唯一的男丁——楊六郎繼續在戰場上拼命，前仆後繼，楊宗保、楊文廣，一代一代地走上這條有今天沒明天的道路。

　　不僅如此，在這楊家男丁盡亡，宗嗣仍幼的時候，這一大家子的寡婦披甲上陣，擔起丈夫們生前的使命，保家衛國。

　　楊家將的故事流傳很廣，家喻戶曉。提到楊家將人們首先想到的便是楊業，他是楊家將的第一代。然

亂世爭戰血案——
醉臥沙場君莫笑，古來征戰幾人回

而歷史上的真實楊業與楊家將故事中的楊業不盡相同。楊業本名叫楊崇貴，其父楊信是麟州的土豪，趁五代混亂的時候，佔據麟州，自稱刺史，由於時局的動盪，先後歸附過後漢、後周。楊業因功升雲州觀察使。以後遼國望見楊業的旌旗，就不戰而走。宋太宗以楊業對防禦遼國有豐富經驗，派他到代州為三交駐泊兵馬部署，為潘美節制。遼國大軍從雁門大舉進攻，楊業從小路率領數百騎兵繞到遼軍背後，與潘美的部隊前後夾擊遼軍，殺死遼國節度使駙馬侍中蕭咄李，生擒馬步軍都指揮使李重誨，繳獲很多兵甲戰馬。

雍熙三年，宋太宗派出三路大軍征討遼國，其中潘美為西路軍主將，楊業為副將。當時，遼國十餘萬大軍已經反擊，攻破了寰州。遼軍兵力佔有很大的優勢，楊業等人的任務只是遷移民眾，不需要與敵人決戰。他向潘美進言，上萬全之計。楊業與遼國交鋒多年，更深知邊境地勢，他根據實際情況做出的判斷非常正確。但是護軍王侁和劉文裕卻不以為然，非要與遼國正面交鋒，並且以怯敵嘲笑楊業。最後楊業力爭

不果，只能冒險出擊，他和潘美做了約定，讓潘美在
要道陳家谷部署步兵強弩接應。楊業力戰盡日，轉戰
到陳家谷，沒有看到接應的人馬，非常悲憤，再率領
部下力戰。楊業身受幾十處傷，左右殆盡，仍手刃敵
軍數十百人，楊業筋疲力盡，戰馬又受了重傷，最後
為遼軍生擒。楊業的之子楊延玉，以及部將王貴、賀
懷浦全都力戰而死。楊業被擒不屈，絕食三日而死。

　　楊業死後，他的子孫繼承其精忠報國的遺志，堅
持抗擊遼國。其中楊延昭，楊文廣最負盛名。楊文廣
是楊延昭的第三個兒子。楊文廣以班行討賊張海有
功，授予殿直。後來與安撫陝西的范仲淹相遇，范仲
淹在談話中發現楊文廣很有才能，就把他帶在身邊。
韓琦派楊文廣率領部隊在篳篥築城，控制要道，防禦
西夏。楊文廣先揚言要到噴珠築城，然後率軍迅速趕
往篳篥，黃昏時趕到目的地，連夜搶修城寨，構築好
了防禦工事，做好了戰鬥準備。

　　第二天天亮，西夏騎兵大至，看到宋軍已經佔據
有利地勢，做好準備，只能無奈的撤退，楊文廣趁機
遣將出擊，斬獲敵人很多。皇帝下詔嘉獎，賞賜豐

厚，並任命他知涇州鎮戎軍、定州路副總管，遷步軍
都虞候。遼國與宋朝在代州的邊界劃分上發生爭執。
楊文廣向朝廷獻上陣圖以及攻取幽燕的策略，還沒等
到朝廷上的回音，楊文廣就死於任上，北宋朝廷追贈
他同州觀察使。

　　楊延昭本名楊延郎，為了避諱，而改名楊延昭。
幼年的楊延昭沉默寡言，但是總是喜歡玩行軍作戰的
遊戲，楊業看了以後說：「此兒類我。」從此出征，
必帶楊延昭同行。楊延昭就在這樣的環境中成長薰
陶，成年以後，也成為一個職業軍人。雍熙三年北
伐，楊延昭與父兄一起出征，攻擊朔州的時候，楊延
昭作為前鋒進攻，被流矢射穿了手臂，他卻更為勇猛
的作戰。楊業陣亡以後，楊延昭由供奉官升遷為崇儀
副使。後來有擔任保州緣邊都巡檢使，在河北的邊防
前線任職。

　　楊業，楊延昭，楊文廣，這三個人是歷史中楊家
將的主要人物。楊家將三代血戰報國的事蹟，為後人
所傳揚。尤其是楊業和楊延昭，在北宋時期，已經聞
名天下。

　　在南宋遺民所著的《爐餘錄》中，將楊嗣（實為楊業的叔父）的功績安到楊延嗣身上，將楊文廣的事蹟，創造出了一個楊宗保。還杜撰了楊家將父子救援宋太宗的情節。而在元朝的雜劇中，有關楊家將的劇碼更多，比如《昊天塔孟良盜骨》等等。到了明朝，又有人編撰出《楊家將演義》，以及以《演義》為底本，寫出了《北宋志傳》，在戲曲中，楊家將的曲目更為興盛，因為明朝中後期的形勢，也是面臨外敵入侵，朝廷積弱的局面，楊家將的故事也得以在這個背景下流傳。

　　北宋著名文學家歐陽修，稱讚楊業、楊延昭「父子皆名將，其智勇號稱無敵，至今天下之士至於裡兒野豎，皆能道之。」宋元的民間藝人把楊家將的故事編成戲曲，搬上舞臺。到了明代，民間又把他們的故事編成《楊家將演義》、《楊家將傳》，用小說評書的形式在社會民間廣泛傳播。然而根據某些歷史考證，佘太君、穆桂英等人物並非真實存在，而是民間杜撰出來的。其實歷史上楊家將沒有佘太君，沒有楊宗保，也沒有穆桂英。害死楊業的，應該是王侁，而

亂世爭戰血案——
醉臥沙場君莫笑，古來征戰幾人回

非潘美。王洗是個小人，以誣陷主帥而起家，詳見
（《劉娥》第五章西夏之亂）可能是由於王洗官職太
小，不足以突顯楊家，所以在楊家將傳說中的潘美很
倒楣地搭上了這件事。在楊家將故事整個的流傳過程
中，作為官方，是希望透過宣傳楊家將，強調忠孝的
思想，而在民間的流傳，是一個個的傳奇故事，其中
反映了許多民間願望和思想。

【話說歷史】

　　據史所載，楊延昭應為長子。遼人迷信，相信天
上北斗七星中，第六顆星是專剋遼國的，因為楊延昭
對於遼人很有威懾力，遼人以為他是那第六顆星轉
世，因此稱他為楊六郎。

成吉思汗：
草原蒼狼之謎

　　蒙古帝國的創始人，一代天驕成吉思汗，一生拉弓拔箭、戎馬風雲，不僅創建了有史以來疆域最大的中華版圖，也給後世留下無數的猜想與謎團。尤其是成吉思汗之墓，更是霧中之謎，幾百年來，後人到處探究至今一無所獲。許多懷疑的目光集中到了「成吉思汗的陵墓到底在哪裡的」謎團中。

　　最近，一則新聞在媒體出現：日本和蒙古聯合考古隊宣佈在蒙古首都烏蘭巴托附近發現了成吉思汗的墓地。消息一出，學者大驚，但這可靠嗎？

　　成吉思汗原名鐵木真，西元1162年出生於蒙古部乞顏孛兒只斤氏的一個貴族家庭。經過多年征戰，鐵木真統一了漠北草原各部。西元1206年，他建立大蒙古國，尊號「成吉思汗」，蒙語意為「像大海一樣偉

亂世爭戰血案——
醉臥沙場君莫笑，古來征戰幾人回

大的領袖」。西元1227年，成吉思汗征討西夏時死於軍中，時年66歲。如今，西方很多崇拜者稱其為「全人類的帝王」。

對於成吉思汗的死因，歷來說法很多，主要有四個版本。據《蒙古祕史》記載，在出征西夏前1年，成吉思汗的身體狀況已經出現問題。一次打獵時，從馬背上摔下受傷，並發起高燒。當時進攻西夏的計畫已定，因成吉思汗身體不適，考慮退兵。

但在使臣交涉過程中，西夏將領出言不遜，致使成吉思汗大怒傷身而一病不起，他抱病出征。最終雖然滅亡了西夏，但也死在軍營裡。

最離奇的一個說法見於清朝成書的《蒙古源流》，該書中又說成吉思汗俘虜了美麗的西夏王妃古爾伯勒津郭斡哈屯，這位王妃在侍寢時刺傷成吉思汗，然後投黃河自盡，成吉思汗也因傷重不治而亡。

此外，曾經於13世紀40年代出使蒙古的羅馬教廷使節普蘭諾・加賓尼，在其傳世的著作中說成吉思汗是被雷電擊中身亡。而著名的義大利旅行家馬可波羅留下的記載中稱，成吉思汗是在攻城時中箭而死。目

前，史學界和考古界對於成吉思汗的死因，大多傾向
於《蒙古祕史》上的記載。

　　一位蒙古專家預言：成吉思汗的陵墓裡可能埋藏
著大量奇珍異寶，裡面的工藝品甚至比秦始皇陵出土
的兵馬俑還要壯觀。

　　這並非誇大之詞，因為成吉思汗的陵墓裡可能埋
藏著他從20多個王國搜刮而來的無價珍寶，這些都是
吸引私人考古隊前赴後繼的原因。

　　對於成吉思汗墓地的具體位置，多年來大致有四
種說法：一是位於新疆北部阿勒泰山；二是位於內蒙
古鄂爾多斯市鄂托克旗境內；三是位於蒙古國境內的
肯特山南、克魯倫河以北的地方；四是位於寧夏境內
的六盤山。

　　700多年來，一直沒有找到成吉思汗陵的主要原
因是元朝皇家實行的是祕葬制度，即帝王陵墓的埋葬
地點不立標誌、不公佈、不記錄在案。

　　傳說，成吉思汗下葬時，為保密起見，曾經以上
萬匹戰馬在下葬處踏實土地，並以一棵獨立的樹作為
墓碑。為了便於日後能夠找到墓地，在成吉思汗的下

亂世爭戰血案──

醉臥沙場君莫笑，古來征戰幾人回

葬處，當著母駱駝的面，殺死其親生的一隻小駱駝，將鮮血撒於墓地之上。等到第二年春天綠草發芽後，墓地已經與其他地方無任何異樣。

在這種情況下，後人在祭祀成吉思汗時，便牽著那隻母駱駝前往。母駱駝來到墓地後便會因想起被殺的小駱駝而哀鳴不已。祭祀者便在母駱駝哀鳴處進行隆重的祭奠。可是，等到那母駱駝死後，就再也沒人能夠找到成吉思汗的墓葬了。

在蒙古國肯特山的依據是，有關史料記載，成吉思汗生前某日，曾經在肯特山上的一棵榆樹下靜坐長思，而後忽然起立，對手下隨從說：「我死後就葬在這裡。」南宋文人的筆記中也記載，成吉思汗當年在西夏病逝後，其遺體被運往漠北肯特山下某處挖深坑祕葬，其遺體存放在一個獨木棺裡。所謂獨木棺，是截取大樹的一段，將中間掏空做成棺材。獨木棺下葬後，墓土回填，然後「萬馬踏平」。在鄂爾多斯市鄂托克旗境內的依據將在後文中詳細表述。

在新疆北部阿勒泰山脈所在的清和縣三道海附近的依據是有考古專家在該地發現了一座人工改造的大

山，推測有可能是成吉思汗的葬身陵墓。

佐證之一是馬可·波羅在他所著的《馬可·波羅
遊記》中寫道：「在把君主的靈柩運往阿勒泰山的途
中，護送的人將沿途遇到的所有人作為殉葬者」。在
寧夏六盤山的依據則是，有記載說，成吉思汗是1227
年盛夏時，攻打西夏時死於六盤山附近。

有考古專家據此認為，按照蒙古族過去的風俗，
人去世3天內就應該處理掉，或者天葬，或者土葬，
或者火化，為的是怕屍體腐爛，靈魂上不了天堂。因
此，成吉思汗去世後就地安葬的可能性很大。

對蒙古而言，成吉思汗是結束各部長期爭戰、統
一草原、凝聚蒙古族群認同，並將蒙古人推上世界歷
史舞臺的民族英雄。他統一各部、締造蒙古民族之功
確實無可否認。

但就蒙古人而言，其對外征服也是利弊兼具。征
服戰爭固然能帶來巨大財富，提高工藝水準，促進了
對外貿易的繁榮，但對平民而言，戰爭造成的負擔遠
大於所獲得的利益。

征服所掠取的財富大都歸貴族所享有，而平民卻

亂世爭戰血案——
醉臥沙場君莫笑，古來征戰幾人回

須負擔長年征戰所需求的人力與物力，無數平民百姓
或捐軀疆場，或世代遠戍他鄉，造成本土人口的嚴重
流失。

但是，儘管戰爭帶來頗多負面影響，蒙古人長銘
於心的，卻是征服世界的民族榮耀與自豪。近代以
來，內蒙古的人民固然如此，即在外蒙，人民對成吉
思汗的崇拜也是一股無法阻絕的暗流。

【話說歷史】

中國蒙元史研究的權威人士指出，單憑這些遺
存，是不能認定成吉思汗陵的位置的。不僅僅是成吉
思汗陵墓，元代的14位皇帝陵墓至今都未曾被發現，
這是元代皇家祕葬制度造成的。

岳飛：
孤膽英雄之謎

　　岳飛在中國的歷史上可謂婦孺皆知、家喻戶曉，蓋因他是民族英雄，又因為他死得冤屈，所以才流芳千古。沾他的光一併出名的還有秦檜，君不見西子湖畔的岳武墓旁邊就跪著秦檜等三人。史書記載岳飛是抗金英雄，最後被秦檜以莫須有的罪名害死。秦檜為什麼要害死岳飛，原因冠冕堂皇，但深究下去，似乎都不堪一擊。

　　岳飛的身世疑點。或許會有人說：不對呀！史書上說岳飛他老爹岳和被大水沖走了。但這是岳母姚氏自己說的，沒有見到屍體是不是？為什麼在岳飛背上留盡忠報國這幾個字呢？最合理的解釋就是：岳飛父母在定情的時候，男方留給女方的定情之物就是一塊玉佩，上面刻了四個鏤空大字：盡忠報國。

　　岳母為了以後他父親能認出他來，把那玉佩燒紅了，往他背上一按，四個字就烙上了。岳母心疼得大哭，說：「兒啊，你盡忠報國吧」。

　　那麼，岳飛的老爹究竟是什麼人呢？《宋史》上只有寥寥幾字：「父和，能節食以濟饑者。有耕侵其地，割而與之；貸其財者不責償。」只說他老爹是個農民，忠厚老實的農民。人們知道岳飛的字寫得很漂亮，詩詞也頗有功底，絕對不像那些附庸風雅的軍閥們。

　　正史說岳飛「少負氣節，沈厚寡言，家貧力學，尤好《左氏春秋》、《孫吳兵法》」。野史說岳飛是地主家的佃戶，沒有讀過多少書。農民子弟，又沒有讀過什麼書，成為武將也不奇怪，可是詩詞書法的成就哪裡來的？只能是老媽教的。能教出這等孩子來，姚氏肯定是詩書家族出身，在那講究門當戶對的年代，怎麼會嫁了個普通農民岳和？而何鑄一見到岳飛背上的四個字，大驚，就認為他是無辜的，沒有造反。

　　如果那四個字是玉佩烙上的，而且何鑄見過那塊

玉佩，認識岳飛的老爹，事情就容易解釋多了。

可是何鑄怎麼會認識一個普通農民岳和呢？就是認識岳和，也不能保證岳和的兒子不可能造反不是嗎？答案只有一個，就是那岳和根本不是農民，而是趙構的老爹宋徽宗，岳飛則是趙構的同父異母哥哥。那塊盡忠報國的玉佩就是皇家之物。

正因為岳飛是趙構的哥哥，和趙構有同等的皇位繼承權，而且才幹和人望都在趙構之上，趙構才非殺岳飛不可。就算岳飛暫時無心造反，如果牛皋、張憲等人也給他玩一手黃袍加身，再用解放北中國受苦受難的老百姓來開導他，岳飛騎虎難下，就像老祖宗趙匡胤一樣，不反也得反了。

正因為岳飛是趙構的哥哥，趙構才不願意公開審理，要保密。自古皇帝殺大臣沒有什麼了不起，可是殺兄弟就不一樣了。唐太宗李世民殺兄殺弟，清朝雍正殺兄囚弟，歷史上留下了罵名。

那麼，皇子岳飛怎麼會流落到湯陰縣去呢？故事大概是這樣的：宋徽宗的時候，皇宮裡有個姓姚的宮女，在三十多歲的時候，因為一個偶然的機緣，懷了

皇帝的孩子。在那年頭，為了保證皇家血統的純潔，皇帝和哪個女人睡過覺都會被太監登記在皇帝的起居錄上，懷孕的宮女也會被皇家家譜「玉牒」記載一筆。那宋徽宗是個風流人物，一夜情之後給姚氏留下了一塊寫著「盡忠報國」的玉佩。

宋朝時，朝廷濫殺大臣的事情很少發生，但是宮廷之內后妃爭寵卻是時時有之。有名的「狸貓換太子」就是宋朝的故事，說宋真宗無子，李、劉二妃同時懷孕，真宗下詔：先生皇子者受封為后。劉妃本是假懷孕，於是收買了太監，在李妃產後以剝了皮的狸貓換下孩子，說孩子是自己生的，然後誣告李妃生下妖物。宋真宗一怒將李妃打入冷宮，直到二十年後被包公發現，把她帶回京城，並設計使她母子相認。

姚氏懷了皇子以後，就有個沒有孩子的妃子來找她談判，說妳生下孩子以後過繼給我吧，我保證妳以後能過著好日子。如果不同意，你們母子都吃不完兜著走。姚氏又怕又氣，深怕那女人搶了她的兒子再把她殺掉。所以嘴上不得不答應，但是心裡卻在想別的主意。

「崇寧元年十二月……出宮女七十六人。」正好那年年底皇上要放一批宮女出宮。姚氏聽說了要放宮女的消息，就用自己幾乎全部的積蓄，買通了太監，混在那些宮女裡面出了皇城。姚氏那時已經有七個月左右的身孕，好在是冬天，衣服穿得多，別人也不容易看出來。逃出開封府，姚氏怕那妃子派人來追，也不敢和娘家聯絡，偷偷住在個小店裡。

崇寧二年二月十四日，生了岳飛。岳飛將近滿月的時候，姚氏發現有可疑的人在附近出沒，急忙帶岳飛向北方逃跑。跑到黃河邊上的湯陰縣，碰上大水，過不去了。有好心人過來問，於是姚氏才編了個坐在水缸裡逃難的神話。

問她的孩子姓什麼，她隨口就答：「姓姚」，又覺得不對勁，才又改說「姓岳」。姚氏把岳飛帶大，給他取名叫「飛」。飛者非也，就是說他本來不姓岳。

到了宣和年間，岳飛要去投軍，對姚氏說：娘，宣和皇帝要召兵了，我想去報名。報名要填家庭成員，我爹叫什麼名字？姚氏剛要說：宣和皇帝，才說

亂世爭戰血案——
醉臥沙場君莫笑，古來征戰幾人回

了宣和兩個字，忽然覺得不對，才改口說：岳和，你爹叫岳和。想到兒子投軍以後就有可能見到自己朝思暮想的皇帝丈夫了，姚氏熱血沸騰，要岳飛解開衣服，自己把那塊玉佩燒紅了，往岳飛背上一拍，印下盡忠報國四個字，還囑咐岳飛，以後見了皇帝，一定要讓皇帝看看你的這四個字。

　　岳飛嘴上答應著，心裡卻是一頭霧水。後來宋徽宗被金人抓走了，姚氏心急如焚，每次見了岳飛都提醒他一定要「迎回二聖」。

　　那時宋朝經常派人去金國問候宋徽宗和宋欽宗，估計姚氏也給宋徽宗帶過信，告訴他那個逃出宮的宮女生了個兒子，現在是宋朝大將，一定會救他回來等等。那是紹興五年，宋徽宗接到信又驚又喜，一激動，死了。消息傳來，姚氏悲痛欲絕，過了一年她也去世了。臨死之前，姚氏把岳飛的身世和他講了，岳飛大驚，自己的父親竟然是皇帝，而且死在了金人手裡。而自己居然是當今皇帝的哥哥，和他有同等的皇位繼承權。岳飛心裡亂得很，趙構那麼懦弱，不求收復失地，北方的老百姓們在金兵統治下苦受得大了。

　　紹興九年，「正月，金宿州守臣趙榮來歸。二月，命修《徽宗實錄》。」估計趙榮應該帶來了宋徽宗的遺物，裡面可能也有姚氏給宋徽宗的信。

　　趙構一見大驚，忙派自己的心腹秦檜以修《徽宗實錄》為名，好好檢查一下所有的宮廷檔。這已經是三十多年的舊檔了，而且在戰亂中又遺失了不少。不過秦檜也是個能人，終於把徽宗的起居錄找到了，其中有崇寧元年X月X日，帝幸宮女姚氏之類的話。玉牒上應該也有類似崇寧元年X月X日，宮女姚氏有孕，後不知所終什麼的記載。趙構把日子一對，正是岳飛的年齡。

　　岳飛此處用「賀蘭山」絕非筆誤，正說明他的志向遠遠不止收復宋朝的失地，打敗金兵而已，而且要繼承漢唐的疆土，連西夏國也要滅掉。岳飛的軍事能力不亞於成吉思汗，而宋朝的人力、財力又遠勝於蒙古。當然歷史是不允許假設的，但是如果岳飛的大帝國能成功的話，就不會有持續一百多年的天下大亂。沒有亂世的可乘之機，可能也就不會有以後的成吉思汗蒙古大帝國。

亂世爭戰血案——
醉臥沙場君莫笑，古來征戰幾人回

可惜岳飛猶豫儘管猶豫，終究還是下不了決心把政權從趙構手裡奪過來，反而被趙構先下了手。岳飛想來也應該會後悔，臨死之前除了「天日昭昭」再也說不出什麼話來了。未曾造反身先死，常使英雄淚滿襟啊。

【話說歷史】

岳飛久懷報國之志，曾三次從軍抗金殺敵。他於宣和四年(1122年)19歲時第一次應募入伍，背部刺字大約是此時所為，因為北宋末年「刺字為兵」的制度仍在貫徹執行。所以岳飛在背部刺上「盡忠報國」四字明志。

鄭成功：
民族英雄之謎

　　鄭成功是中國家喻戶曉的民族英雄，也是聯繫兩岸的重要歷史人物。他高舉反清復明的大旗，曾經控制了中國東南半壁江山；他驅逐荷蘭人，收復臺灣，被奉為「開台聖王」。

　　鄭成功的父親鄭芝龍早年亦商亦盜，最後官至福建總兵。鄭芝龍早年旅居日本平戶時，與當地女子田川氏結婚，生下鄭成功。鄭成功7歲時從日本返回中國，開始接受儒家教育。清軍進軍福建之時，鄭芝龍降清，隆武政權也隨之滅亡。鄭成功得知父親要降清，曾苦苦勸阻。眼見父親執迷不悟，鄭成功氣憤之下單獨跑到南澳島，招募了幾千人馬，堅決抗清。清王朝幾次三番派人誘降，都被鄭成功拒絕。

　　他為何死於壯年？為何在日本也被尊為民族英

亂世爭戰血案——

醉臥沙場君莫笑，古來征戰幾人回

雄？他的塑像遍及各地，真實面目卻鮮為人知。有學者走訪海峽兩岸，並遠渡日本，深入發掘國姓爺壯烈奇詭的一生。

鄭成功收復臺灣不久，卻突然暴病而亡，年僅38歲。根據鄭成功臨終前的異常表現和當時鄭氏集團內部鬥爭的背景，有人認為鄭成功是被人投毒殺死的。這一說法主要的依據是：鄭成功死前的症狀與中毒後毒性發作的症狀極為相似，與鄭成功同時代的李光地《榕村語錄續集》、夏琳《閩海紀聞》、林時對《荷閘叢談》分別記載了鄭成功之死。如《榕村語錄續集》載：「馬信薦一醫生以為中暑，投以涼劑，是晚而殂。」《荷閘叢談》道：「（成功）驟發癲狂，咬盡手指死」；《閩海紀聞》說，鄭成功臨終前將藥投之於地，然後「頓足扶膺，大呼而殂」。鄭成功大概察覺出有人要謀害自己，但為時已晚。

但是也有這樣的說法：鄭成功在收復臺灣的同時，也接到兇信，說他父親被家奴伊大器告發，伊大器稱鄭芝龍和鄭成功之間不時有書信往來，圖謀不軌。清朝廷震怒，將鄭芝龍全家處死。鄭成功聽到消

息後，捶胸頓足，望北慟哭道：「你要是聽我的勸告，怎麼會招來殺身之禍？」不久鄭成功又得知，叛將黃梧在自己家鄉挖了鄭氏祖墳，鄭成功更是捶胸拍案，整天哀傷慟哭。

他咬牙切齒發誓說：「人活著結下怨恨，與死者有什麼關係呢？要是有一天我領兵打回去，我不一寸寸地將你碎屍，我就枉作人間大丈夫了。」鄭成功的願望在14年後實現，鄭經攻陷漳州時，也挖了黃梧的墳鞭屍，替父親雪了恨。

西元1662年4月，南明兵部司務林英削髮為僧，從雲南逃到臺灣見鄭成功，向鄭成功哭訴道：「皇上（永曆帝）聽信奸相馬吉祥、逆戚李國泰之話，避居緬甸。現在吳三桂攻緬，緬王已將皇上獻給吳三桂，聽說已經被吳三桂殺害了。」鄭成功聽罷，更是痛哭不已。

鄭成功的部將馬信神祕地死去彷彿也證明了鄭成功有可能被毒死。馬信是清降將，後來成為鄭成功的親信，鄭成功去世當天，是由他推薦的醫師開的處方，夜裡鄭成功死去，他本人也突然無病而卒。

亂世爭戰血案——
醉臥沙場君莫笑，古來征戰幾人回

　　另有一說：鄭成功的部下唐顯悅告發鄭成功的兒子鄭經與乳母通姦，鄭成功頓時氣塞胸膛，立刻派人到廈門，欲斬鄭經與其所生嬰兒及乳母陳氏，但留守廈門的眾將不執行命令。

　　鄭成功天天登高眺望澎湖方向有船來否，因而患上風寒，到了第八天，突然發狂地喊叫道：「吾有何面目見先帝於地下也？」既而用兩手抓面而逝。所以，《臺灣通志》上說鄭成功是死於感冒風寒。

　　假若鄭成功是被人毒死，那麼做案者是誰呢？當然，清政府有重大的嫌疑，同時，還有人認為是鄭成功兄弟輩的鄭泰、鄭鳴駿、鄭襲等人，特別是鄭泰。生性暴烈的鄭成功，用法嚴峻，鄭氏部下，包括他的長輩親族因過被處以極刑者很多，眾將人心惶惶，其中很多人在清廷高官厚祿誘惑下叛逃，鄭氏集團內部關係極其緊張。鄭泰早在鄭成功率軍攻打臺灣時就與鄭成功有衝突。

　　當時，鄭泰為運糧官，當鄭成功軍隊出現補給困難時，鄭成功對鄭泰的失職極為不滿，他在座前寫下了5個大字：「戶失先定罪！」意思是，要是出了亂

子，首先處分鄭泰。鄭成功去世後，鄭泰等人偽造鄭
成功的遺命討伐鄭經，並抬出有野心但無才幹的鄭襲
來承兄續統。最後，他們的陰謀被鄭經挫敗，鄭泰入
獄而死，鄭鳴駿等率部眾攜親眷投降清朝。據此分
析，策劃謀害鄭成功的有可能就是鄭泰等人。

　　《臺灣外志》記述說，當時清政府派一高級軍官，
攜帶一個孔雀膽混入鄭軍，用重金買通專為鄭成功做
飯的廚師，讓他趁鄭成功與部下開會時毒死鄭成功和
他的將領。

　　這個廚師雖貪財，但害怕事情暴露，權衡再三，
不敢下手，於是把這件事交給了他弟弟辦理。他弟弟
到了真正下毒時，「每欲下藥，則渾身寒戰」，恐怖
之餘，便把這件事告訴了他們的父親。其父「聞言大
驚」，怒斥他們說：「謀害主人，是不忠；答應了別
人而不去做，是沒有誠信。寧可沒有誠信，也不能不
忠心。誅滅九族的事情怎麼能做呢？趕緊去自首也許
還可能免罪。」於是帶他們到鄭成功住處自首。

　　鄭成功非但沒有處罰他們，而且還對他們施以重
賞，十分自信地說道：「我是天生的，怎麼能被凡人

毒害？」此後，鄭成功加強了保衛措施。這樣，即使有人「欲施毒，奈何不得其近（指鄭成功）身也」。但這並不能排除鄭成功被毒死的可能。

鄭成功死後，鄭經先是忙於對付鄭泰的叛亂，後又追討鄭泰存在日本的鉅款，他本人又因犯奸險些被鄭成功殺死，因此鄭成功的死因在當時沒有被深究。看來，一代民族英雄的死因需要更多的史料發現來證實了。

【話說歷史】

民間傳說鄭克塽為了使鄭成功安眠地下，不再受干擾，護送鄭成功靈柩從北京到固始鄭家饗堂安葬；另一方面，為了掩人耳目，又派其弟鄭克舉到福建南安刻了一塊《鄭氏附葬祖父墓誌》，聲稱鄭成功附葬在「鄭氏樂齋公塋」祖墳裡。但此說並無具體證據支持。固始縣汪棚鄉鄧大廟村有鄭成功衣冠塚，真偽待考。

倭寇剋星：
戚繼光斬子真偽

「天皇皇，地皇皇，莫驚我家小兒郎，倭寇來，不要慌，我有戚爺會抵擋。」這是在中國東南沿海一帶廣為流傳的一首民謠，謠中的戚爺指的是明代著名抗倭名將、民族英雄戚繼光。

戚繼光出生將門，世襲登州衛指揮僉事，長期在山東、浙江一代擔負抵禦倭寇的重任。自幼便立志馳騁疆場，保家衛國，曾揮筆寫下「封侯非我意，但願海波平」的著名詩句。戚繼光17歲時承襲了父祖歷任的登州衛指揮僉事之職，25歲時被提升為署都指揮僉事，他立志要蕩平倭寇，拯救黎民於水火之中。那句「封侯非我願，但願海波平」正是他非凡抱負和坦蕩胸襟的真實寫照。

明朝歷史上的倭寇，不同於一般的海盜，他們往

亂世爭戰血案──
醉臥沙場君莫笑，古來征戰幾人回

往都是有著嚴格紀律的軍事組織。要戰勝這些倭寇，只有更加嚴格的紀律才行。戚繼光就是一個以嚴於治軍而聞名的軍事將領。他經常以岳家軍為榜樣，對士兵進行教育，並且堅持與部下同甘共苦。歷史記載，戚繼光的軍隊號令嚴，賞罰信，因此所向披靡，威震四方。對於倭寇來說，「戚家軍」無異於讓他們喪魂落魄的「喪鐘」，卻是國家和百姓的救星。

戚繼光統軍打仗，十分強調紀律的重要性。他要求士兵要絕對服從指揮，指揮官下令向前，前面就是有刀山火海也要奮勇前進，不得後退，違令者定斬無赦。正是因為戚繼光如此強調軍紀的重要性，才有了戚繼光斬子故事的發生。這樣的一支鋼鐵軍隊哪裡是一朝一夕就能鑄造成的！戚繼光必然要為此付出沉重的代價。最為典型的，就是浙江、福建一帶盛傳的戚繼光斬子的種種傳說。

戚繼光斬子的故事幾百年來一直在閩、浙一帶廣為流傳。在福建莆田，這一故事還被改編為閩劇《戚繼光斬子》，以藝術的形式在民間盛傳不衰。此外，在福建寧德、連江、閩侯，浙江義烏等地也有類似的

傳說。戚繼光斬子的故事到底是不是歷史事實，到底
發生在哪個地方一直眾說紛紜，沒有定論。

　　有一種說法認為，戚繼光斬子的故事不是發生在
浙江常風嶺，而是發生自福建麒麟山；斬的兒子不是
戚印，而是戚狄平。朝嘉靖年間，倭寇在福建沿海燒
殺搶掠，無惡不作，朝廷換了幾任大將也拿他們沒辦
法，百姓叫苦連天。後來戚繼光率八千義烏兵入閩抗
倭，頭一仗打的就是海上倭寇的巢穴──橫嶼。

　　橫嶼是一個海上孤島，與寧德樟灣村隔海相望，
此處漲潮時是一片汪洋，退潮之後則是泥濘一片的沼
澤，地形易守難攻。倭寇在島上修建了許多堅固的防
禦工事，戚繼光經過一段時間的詳細觀察之後，決定
在中秋節的下半夜趁著倭寇防守鬆懈，潮水降低的時
候，涉過淺灘處的沼澤，出其不意的攻擊敵人。戚繼
光先命張諫、張嶽在橫嶼西、北陸上佈陣，防止倭寇
上岸；又命張漢率水師在橫嶼東部海面巡弋，防止倭
寇從海上逃竄；自己則率領戚家軍的主力從南面進
攻。在攻擊發起之前，戚繼光曉諭全軍：「潮水漲
落，分秒必爭，只許勇往直前，不准猶疑回顧。違令

亂世爭戰血案——

醉臥沙場君莫笑,古來征戰幾人回

者斬!」戚繼光任命自己的兒子戚狄平為先鋒官,率領三千精銳部隊打先鋒。

　　戚狄平率軍行至麒麟山下的宮門嘴山口時,擔心父親年老力衰,跟隨不上,便立刻回頭向樟灣方向眺望。這時跟在後面的將士以為先鋒有令要傳達,也都停腳步。戚繼光率領中軍跟在後面,突然發現前面的隊伍停了下來,不知發生了什麼變故,立即派人詢問。後將校回報說:「前面沒什麼事情,只是因戚先鋒回頭,兵士疑惑所致。」戚繼光聽後大怒,立刻令人將戚狄平綁至馬前,訓斥道:「你身為先鋒官,不帶頭遵守秩序向前的軍令,反而帶頭違令,致使三軍疑惑。如若不按軍法處置,又以何服眾。」說完命令帳下軍校將戚狄平綁出,斬於軍前。戚繼光身邊的將士紛紛跪地說情,也無濟於事。後來,戚家軍勝利的攻佔了橫嶼,斬殺倭寇二千六百餘人,徹底搗毀了橫嶼上倭寇盤踞的巢穴。戚繼光帶軍回師時,路過麒麟山,想起被自己斬殺於此的兒子,不禁傷心落淚。後來,當地的人民感於戚將軍父子的抗倭功勞,就在戚繼光當年立足思子的地方建起一座六角涼亭,取名為

「思兒亭」。在戚公子被斬的麒麟山角樹立了一塊石碑，名曰「恩澤壇」，以永遠紀念戚繼光和戚狄平抗倭保民的萬世恩澤。

有另外一種說法認為，戚繼光斬子的故事發生在浙江台州地區。戚繼光率領戚家軍在浙江抗擊倭寇，幾次大的戰役都連戰連捷，打得倭寇是聞風喪膽。有一次，戚繼光率領軍對在台州府圍剿一股倭寇，倭寇與戚家軍接戰之後，很快大敗，有一股殘敵想繞道城北的大石退守仙居。為了徹底消滅這股倭寇，戚繼光立即命自己的兒子戚印為先鋒，率領軍隊抄近路在白水洋常風嶺一帶伏擊。出征前戚繼光一再交代戚印，與倭寇接戰之後，不要急於求勝，要佯裝失敗，將敵人誘至仙居城外再予以反擊，以迫使城中的倭寇出援，一舉殲滅。違反軍令者要按軍法處置。

戚印率軍到達常風嶺之後，將軍隊埋伏在山道兩旁的樹叢中，此時，倭寇的隊伍也沿著這條山道開了過來，前面還押著一些搶掠來的婦女和牛羊等，戚印見後，氣憤萬分。再也按捺不住了，馬上下令軍隊展開總攻擊，一時間矢石齊飛，刀槍猛舞，喊聲震天。

亂世爭戰血案──
醉臥沙場君莫笑，古來征戰幾人回

戚印只顧了奮勇殺敵，竟然忘記了父親臨行前交代的只許敗，不許勝的交代。霎時間就將敵人全殲在山道之上。後來戚印率軍回營，將士們都言戚印作戰勇敢，殺敵有功。但戚繼光卻在聽完兒子稟報之後，勃然大怒。說他違反軍紀，不服從指揮，應該以軍法處置，便命將校將其綁出轅門外正法。諸將雖然苦苦求情，說戚印雖然是觸犯了軍令，但其大敗倭寇，也是有功之臣，可將功抵罪。但戚繼光卻認為戚印明令故犯，貽誤軍機，不容不誅！若是不殺，則軍紀難以嚴明如初。最終，還是斬了兒子。後來當地的百姓懷念戚公子，便在常風嶺上為他建造了一座太尉殿，據說這座大殿的殘跡至今猶存。

有人認為戚印是否真存在還是一個問題，認為所謂戚繼光斬子很有可能是被後人杜撰出來的，是為了讚揚戚繼光嚴明的軍紀。中國歷史學家郭沫若就持這種看法。

此外，有人根據《仙遊縣誌》中：「繼光至莆田，將出師，煙霧四塞，其子印為前鋒，勒馬回，求駐師。繼光怒其犯令，殺之」的記載，指出戚繼光斬

子的故事應該就是發生在福建莆田，被斬殺的兒子為
戚印。

　　對於以上幾種戚繼光斬子的傳說，史學界另有看
法。戚繼光斬子的故事，在《明史》、《罪惟錄》、
《明書》和汪道昆的《孟諸戚公墓誌銘》、董承詔
《戚大將軍孟諸公小傳》、《閩書》中的《戚繼光
傳》等較為可信的史料中均無記載，戚繼光後人所編
著的《戚少保年譜耆編》中也沒有關於此事的記載。
而且根據《戚繼光墓誌銘》的記載，戚繼光的正房夫
人王氏，一生只生有一個女兒，並無傳說故事中的長
子戚印這個人。戚繼光在軍中所納的小妾陳氏、沈
氏、楊氏等人雖然先後為他生了戚祚國、戚安國、戚
報國、戚昌國、戚興國等幾個兒子。但這些兒子在戚
繼光抗倭時期都還是襁褓中的幼兒，根本不可能成為
統軍打仗的將領。因此，許多歷史研究者認為，戚繼
光斬子之事，純粹是子虛烏有。民間之所以會有這樣
的故事流傳，也許是人們根據戚繼光將軍治軍嚴明，
軍紀如山的特點演繹出來。

　　戚繼光斬子的傳說從歷史考證的角度來講並無明

證，至於傳說中的戚印、戚狄平等人是否是戚繼光的
義子，此為筆者的一種推測，事實是否如此，還有待
史學界的進一步證明。戚繼光斬子一事是真？是假？
此謎還需更多的史料來求證。但毫無疑問地，無論真
假，人們對戚繼光將軍的懷念是真的，人們對這位被
「父」斬殺的「戚印」所寄託的也並不是譴責，而是
對其的同情，所以後世才有「思兒亭」、「相思嶺」
等古蹟的產生。

【話說歷史】

有史學家認為，戚繼光有軍令，不許在戰鬥中回
顧或退回，但此次戰鬥中戚繼光因為戰馬中流矢而落
馬，戚印擔憂父親的安危，回馬探視，結果亂了行
列，差一點使戰鬥失利，因此戚繼光回到軍營後依法
斬子。

楊秀清：
是否曾「逼封萬歲」

　　清朝末年轟轟烈烈的太平天國運動曾經盛極一時，然「天京變亂」使得太平天國由盛轉衰，進而在中外反動勢力的聯合絞殺下徹底失敗。東王楊秀清成為「天京變亂」的犧牲品，多數人認為是因為他在變亂18天之前的「逼封萬歲」之舉激怒了洪秀全，進而招來殺身之禍。

　　對於楊秀清的死因，本就眾說紛紜，而關他「逼封萬歲」一事，更是爭議非常。在史學界幾乎已成定論的楊秀清「逼封萬歲」之說，現如今遭到越來越多的批駁，甚至有人認為，此事已可以下定論予以徹底否定。

　　首先否定的，便是記載此事的史料來源。最早記載「逼封」事件的是知非子的《金陵雜記》與張汝南

的《金陵省難紀略》，書中較為詳細地記載了「逼封萬歲」的經過及之後發生的洪秀全與楊秀清之間的衝突。

然而所述內容不僅多有荒誕之處，而且「此卷為近日情形，告聞之於遇難播遷之人，及被擄脫逃之輩，方能知之最詳，言之最確，復為成一編，參以己見」。

不僅不是親眼所見，還加上了自己的看法，如此敘事，豈可盡信？此外，太平天國的後起之秀，忠王劉秀成寫的《李秀成自傳》中，也提到確有此事。

然而「天京變亂」發生時，李秀成正在句容一帶作戰，對於在此之前的「逼封」之事，只能是道聽塗說，更難以此為據。與上述史料來源相比，無論是太平天國的內部文書還是清朝的官方文書，均無關於此事的記載，因此不得不令人懷疑此事的真實性。

其次，若楊秀清真的曾經「逼封萬歲」，那他是為了什麼？此時的楊秀清，已經集神權與軍權於一身，只要他「代天父傳言」，就連洪秀全都不得不從，為何不直接藉天父之言命令洪秀全讓位於他，反

而多此一舉地「逼封萬歲」，既沒有改變他與洪秀全
的實際地位，又暴露了他意欲奪權的野心？楊秀清並
非泛泛之輩，此等權謀策略，他不可能不知，更不可
能做出如此愚蠢之事。

　　第三，在楊秀清死後沒多久，洪秀全便大張旗鼓
地為其平反，甚至將楊秀清被殺之日定為東升節。洪
秀全在《踢英國全權特使額爾金記》中說道：「爺遣
東王來贖病，眼蒙耳聾口無聲，受了無盡的辛戰，戰
妖損破頸跌橫。爺爺預先降聖旨，師由外出苦難清，
期至朝觀遭陷害，爺爺聖旨總成行。」由此可見，洪
秀全也認為楊秀清之死是遭人陷害的。如此一來，楊
秀清「逼封萬歲」激怒洪秀全而招來殺身之禍的說
法，便被徹底否定了。

　　最後，若真無「逼封」之事，那此說從何而來
呢？既然沒有足以令人信服的史料記載，也沒有合情
合理的事實依據，就不能不說這只是謠言。而這個謠
言的最大受益者，便是因「逼封」而「受盡委屈」的
洪秀全。楊秀清不僅曾因「代天父傳言」而杖責過洪
秀全，而且在朝中獨攬大權，自恃功高蓋主，飛揚跋

扈。以他的軍事才能與政治權謀，足以威脅洪秀全的統治地位，洪秀全要除掉他是必然的，只是需要一個合理的說法以穩定軍心、平撫民意罷了。而「逼封萬歲」之舉足以讓楊秀清「死有餘辜」。

如此看來，「逼封萬歲」的確子虛烏有。然而，對上述批駁產生質疑的，大有人在。

其一，太平天國的內部文書中沒有關於「逼封」事件的記載，很可能是因為此事涉及領導集團內部的矛盾糾葛，不宜載入史冊。而且天京陷落時天王府被大火燒毀，導致文書檔案付之一炬，所以無法找到相關記載。

其二，「天京變亂」時，李秀成已是地官正丞相，後又被封為忠王，在太平天國後期與陳玉成同掌軍政。以他的身分和地位，他對天京事變的內情必有所瞭解。雖沒有眼見為實，但也不至於信口開河。

其三，洪秀全在楊秀清死後不僅不揭露他「逼封」之罪，反而為其平反，並深表懷念之情的做法，並不足以證明「逼封」之事子虛烏有，而是洪秀全施展的政治手段。不僅可以撇清他指使韋昌輝殺害楊秀

清的罪名，而且可以拉攏東王黨羽為他所用。之後洪
秀全掉轉矛頭直指韋昌輝，便可看出他籠絡東王黨羽
的高明之處，起碼能夠免除後顧之憂。

【話說歷史】

　　至於楊秀清是否「逼封萬歲」，實難包羅萬象，
盡數百家之言。

第四章

傾國紅顏玄案——

巾幗美人軼事多，香魂歸何處

造爛漫之樂：
妹喜是紅顏亂政還是君王誤國

　　與妲己、褒姒、陳圓圓等人相比，妹喜的名氣顯然不夠大，但每逢提到「禍國紅顏」，她往往首當其衝。然而，著名作家柏楊先生卻在《皇后之死》中這樣介紹妹喜：「施妹喜是個可憐的女孩子，她的身分是一個沒有人權的俘虜，在她正青春年華的時候，不得不離開家鄉，離開情郎（假如她有情郎的話），為了宗族的生存，像牛羊一樣地被獻到敵人之手。」

　　史書中對妹喜的記載極為有限，現有的資料只能證明她是夏朝有施氏部落的女子。當時夏桀率領軍隊攻打有施氏，無力以暴制暴的有施將領們只好用「美人計」止戰，美女妹喜就成了這場戰爭中的關鍵人物。雖然史書並沒有詳細記載妹喜的容貌，但想必她一定非常漂亮，漂亮到夏桀對她一見傾心，立即停

傾國紅顏玄案——
巾幗美人軼事多，香魂歸何處

戰，左擁美女右率大軍快樂地回了夏都。

為了討得美人歡心，夏桀勞民傷財、大興土木，造「瓊室瑤台」，妹喜日日不離其左右，甚至連批閱奏章時，夏桀也會聽從妹喜的意見（《列女傳・孽嬖傳》）。民間還有一種傳說可以印證夏桀對妹喜的寵愛，簡直達到了登峰造極的地步：據說妹喜有一種特別的嗜好，喜歡聽「裂帛」之聲，於是夏桀便命人從早到晚地撕扯繒帛，以博美人一笑。假如這個傳說屬實，那麼究竟是妹喜可憎，還是夏桀荒唐呢？

《國語》中記載「妹喜亡夏」的罪證還與另一個人有關：伊尹。伊尹是商朝初期的重臣，也是輔助商湯滅夏的關鍵人物，他是作為商湯的「間諜」被安插到夏朝內部的。

按照《竹書紀年》的記載：夏桀曾經派兵攻打岷山國，岷山國無力抵擋，於是便效仿有施部落，將美女琬與琰獻給了夏桀，從此夏桀對妹喜的寵愛大打折扣，妹喜被棄置在洛河流域。妹喜失寵落寞之時，伊尹趁虛而入，不僅博得了美人芳心，還探得了諸多軍事情報，為商湯滅夏鋪墊了一條明路。

　　但是這段記載也存在疑點，當時妹喜根本不在夏都，且備受冷落，如何得到軍事情報？想必伊尹也不會把自己的「間諜」身分告訴妹喜，所以即使他從毫無防備的妹喜口中刺探到了什麼，這也不能成為妹喜亡國的「如山鐵證」。

　　當人們將亡國的罪責壓在妹喜身上時，卻往往忽略了背後的真相——若不是夏桀昏庸好色，將相腐敗無能，又何至於國破為奴呢？歷史文獻中的夏桀，橫徵暴斂，荒淫無度，極盡奢侈，重用的權臣又多是趨炎附勢的唯諾小人。大臣關龍逢曾向夏桀進諫，指出夏桀若再不收斂，必然亡國。夏桀聽聞大怒：「日有亡乎？日亡而我亡。」夏桀自比永恆的太陽，並殺了耿直的關龍逢。很多家破人亡、走投無路的百姓痛恨無道的夏桀，他們指著太陽咒罵：「時日曷喪？吾與汝偕亡！」

　　事實無數次證明，那些自命將「與天地同在，與日月齊暉」的王朝和君主，最終都無法逃脫歷史規律的制約。任何一種新制度的建立都有一個逐步完善並發展的過程，但建立在私有制基礎上的政權終究會被

人民推翻。夏朝是中國歷史上的第一個奴隸制王朝，雖然也曾對中國歷史的發展起了推動作用，但私有制的本質導致其統治階級的本性必然熱衷於剝削、掠奪和享樂，這種奴隸主的本性導致統治階級內部必然存在權利爭鬥，壓迫與反抗的關係也會一直存在於奴隸主與奴隸之間。

有壓迫就會有反抗。在夏朝統治的四、五百年間，階級鬥爭從來沒有停過。到了第十四代君王孔甲時期，由於孔甲亂政，各部落與王室的關係極度惡化，氏族內部的糾紛也日益激烈，奴隸或爭相逃亡或起而暴動，夏王朝逐漸衰落。再到夏桀時，夏桀的窮奢極欲與暴虐嗜殺更使得夏朝的統治江河日下，國勢衰微。

此時，妹喜的出現不過是使夏桀為自己的貪婪與殘暴找到了一個新鮮的理由，他無限制地徵用民力，一心淫樂而荒廢朝政，暴虐地屠殺反對自己的大臣，殘酷鎮壓奴隸和平民。

夏朝末年，每當有部落起來反抗，夏桀採用的唯一方式就是出兵鎮壓，他試圖以武力解決王朝分崩離

析的困境，反而促使各方國部落更加離心離德。

當夏桀一味塗炭生靈以致眾叛親離時，商湯卻在養精蓄銳，伺機而動。夏朝的滅亡是必然的，即使沒有妹喜，換作一個叫「妹憂」或「妹愁」的美人，夏朝一樣會亡。

所以，這個「可憐的女俘」妹喜不僅沒有亡國的膽識，甚至連掌握自己生存與自由的權力都沒有。她可能是夏朝滅亡的催化劑，但絕不是亡國的根本。

【話說歷史】

夏朝的滅亡，與其說是「紅顏亂政」，倒不如說是「君王誤國」。

彼美孟姜，洵美且都：
文姜的功過是非

在中國古代歷史中，有許多人都行走在風口浪尖之上，而春秋時代齊僖公的次女文姜，就是這樣一個飽受爭議的人物。

文姜，姓姜，無名，因其以才華著稱於當世，所以被稱為「文」，所謂「一千個人筆下會出現一千個哈姆雷特」，對於這樣一個才華絕倫，美豔驚人的女子，史書上也有著不同的記載，例如，在《詩經·有女同車》中，對她的評價是「彼美孟姜，德音不忘」，而在《詩經·南山》中，對她的評價卻變成「魯道有蕩，齊子由歸」，那麼，歷史上的文姜到底是一個怎樣的人呢？

齊僖公出任齊國國君時，國力已經變得非常強盛，再加上公主的美豔絕倫，其都城臨淄自然就成為

諸侯王子必到的相親之地，在眾多的追求者中，能讓文姜動心的只有鄭國世子姬忽，兩國也因此締結了婚姻。

但是，沒過多久，姬忽卻聽信文姜生性淫蕩的傳言，以「齊大非偶」為由，單方面撕毀婚約，對於文姜來說，這個消息無異於晴天霹靂，從那時起，她開始變得自怨自艾，以現代醫學觀點來看，當時的文姜很可能患上嚴重的抑鬱症。

一個人在感情脆弱、心情鬱悶的時候，最大的希望就是在別人那裡得到心靈的慰藉，這時，文姜同父異母的哥哥姜諸兒趁虛而入，每日對她噓寒問暖，體貼入微，時間久了，兩人之間的兄妹之情竟然逐漸轉變為兒女私情。

紙終究包不住火，這段亂倫之戀很快就傳到了齊僖公的耳中，雖然在春秋時代，民風自然，對婦女沒有三從四德的束縛，但是兄妹之間產生私情，在當時還是會受到道德家的譴責，因此這個雷般的消息讓齊僖公傷透了腦筋。

恰在此時，魯國國君魯恒公派人來求親，齊僖公

大喜過望，立刻把文姜嫁到魯國，並禁止她再回到齊國。

文姜在魯國過了幾年安分的日子，雖然心中對姜諸兒充滿了思念，但是父命難違，她只能把無盡的思念深深地埋藏在心中。

到了魯桓公十八年，文姜終於等來與姜諸兒重會的機會。四年前，礙事的齊僖公早已歸西，姜諸兒以世子身分即位，史稱齊襄公，他邀請魯桓公到齊國赴會，文姜自然陪同夫君一同回到齊國。

在齊國，文姜和姜諸兒舊情復燃，卻被魯恒公察覺，為防止事情敗露，齊襄公派出力士彭生擊殺魯桓公，因為私情，一國國君把另一國國君謀殺，這在中國歷史上恐怕是空前絕後的事情了。

得知魯恒公的死訊後，魯國宗室雖然懷疑其中必有陰謀，卻也不敢出兵攻打齊國討一個說法，這主要有兩個原因：一是他們目前只是懷疑，對於國君的死因查無實據，自然也就出師無名；二是魯弱齊強，假如貿然出兵，無疑是雞蛋碰石頭。在萬般無奈之下，魯國只好先穩定國內局勢，由世子姬同繼位，史稱魯

莊公。

丈夫死了，文姜卻不願扶柩回魯，而是希望暫住在邊境地區，日後再返回魯國。出於孝道，魯莊公只好派人在禚地建造宮室，供母親居住。

齊襄公聽說後，也派人在禚地附近的阜建造離宮，供他去遊玩，至於兩個人為什麼這麼做，那自然是醉翁之意不在酒。

然而，兩人在一起廝守的日子並沒有維持多久，齊襄公十二年，大夫連稱、管至父夥同公孫無知將齊襄公殺害，逃亡在外的公子小白返回齊國，被立為國君，史稱齊桓公。

政治上發生巨變，心上人也死於非命，文姜不得不返回魯國，輔助兒子處理國政。

這時，她表現出與其他那些被視為「淫女」之流所不同的一面，她在政治上表現出敏銳的洞察力，在外交上顯現出左右逢源的智慧，在軍事上也表現出過人的才能。

正是因為有了文姜這樣政治領袖型人物的存在，才使魯國從一個人見人欺的小國，逐漸變成軍事、經

濟強國，在諸侯戰爭中屢戰屢勝，甚至在長勺之戰中，一舉擊潰了強大的齊國，使齊桓公爭霸鬥爭史上出現了一次少有的挫折。

【話說歷史】

在人們因為文姜與哥哥的一段亂倫之戀而對其進行唾罵時，人們也不得不承認，她的確是一個外秀內慧的奇女子。

願得一心人：
卓文君私奔司馬相如

　　一曲《鳳求凰》，讓富家女卓文君私奔司馬相如，然而她知道司馬相如的家底嗎？這位富二代將如何化解生活中的困境？對一個古代女人來說，面對丈夫喜新厭舊，她又該如何應對？漢朝最傑出文學家背後的女人——卓文君，在兩千多年前告訴了我們一個愛情與婚姻的故事。

　　卓文君是臨邛（今四川邛崍，在成都附近）大富豪卓王孫的女兒，可惜十六、七歲的時候就守寡歸家了。她貌美如花，很有才氣，而且懂得音律，善於鼓琴。何況她家中又是富可敵國的大家族，前來求婚的人不少，可是並沒有一個卓文君看的上。

　　直到有一天，臨邛縣令王吉帶著一個英俊瀟灑的公子來到卓家。據說縣令很敬重這位公子，曾經邀請

傾國紅顏玄案——
巾幗美人軼事多，香魂歸何處

他還被拒絕了，連臨邛的富人們也想見見這位貴客，於是卓家便邀請這位公子來到家中作客。

在古代，特別是禮節嚴格的時代，有陌生男子來訪，家中的女子需要迴避。所以卓文君只能在窗外偷看，她看到這個人形容俊逸、氣韻非常。他輕輕撥弄琴弦，這是一曲《鳳求凰》，歌辭的開頭是：「有美一人兮，見之不忘。一日不見兮，思之如狂。鳳飛翔翔兮，四海求凰。無奈佳人兮，不在東牆。將琴代語兮，聊寫衷腸。何日見許兮，慰我徬徨。願言配德兮，攜手相將。不得於飛兮，使我淪亡。」這是一首求愛的曲子，窗外的卓文君聽明白了。後來這位公子託人送禮物給卓文君，表達自己的殷切之意。卓文君心中對他也很有好感，就與他私會，並相約立即私奔。一個大家閨秀，竟然要和一個男人私奔，這在當時是令人難以容忍的事情，但是卓文君卻憑著自己的膽識，跟著這個男人連夜私奔。

這個男人就是司馬相如，卓文君只知道他是風度翩翩的公子，而且是臨邛縣令的座上賓。但她不知道，這個男人的出現是一個設計好的陰謀，那麼卓文

君到底陷入了什麼陰謀呢？

　　卓文君跟隨司馬相如回到成都家中，推開門，她頓時就傻眼了。她看見了司馬相如的另一面：家徒四壁，一貧如洗。卓王孫對於自己的女兒竟然私奔感到氣憤，放下狠話，不會給她一分錢。司馬相如立即將自己的好衣服拿去典賣了，然後買了酒食回來和卓文君吃。卓文君卻抱著他痛哭，說：「我一直過著富足的生活，想不到現在卻要賣衣服買酒喝。」面對這個家徒四壁的家庭，卓文君應該如何怎麼辦呢？

　　靠司馬相如的那點文章肯定不行，於是卓文君提出向自己的哥哥們借點錢。司馬相如心想：借錢也不是長久之計。後來竟然勸文君一起回臨邛去賣酒。司馬相如為什麼會這樣打算呢？

　　《西京雜記》說這是「以恥」卓王孫，也就是故意讓卓王孫難堪。於是司馬相如變賣家產，和卓文君回到臨邛。卓文君當壚賣酒，司馬相如穿著個補丁褲子洗酒器，這就是這兩個人艱難日子的開始。司馬相如深知，卓老爺若是知道自己的女兒當壚賣酒，肯定會感到羞恥。這一招果然奏效，卓老爺迫於壓力，只

傾國紅顏玄案──

巾幗美人軼事多，香魂歸何處

能給這個不孝的女兒一百萬錢、僮僕百人和不少嫁妝。這樣，夫妻二人就成為了富人，他們回到了成都。

其實在這之前，司馬相如只是一個住在成都的失落文人。他也曾出去混過，但是當時的漢景帝不喜歡辭賦，他就跟著梁孝王混，但是後來也很不如意。自己取名「相如」，本來想成為藺相如那樣為國做出卓越貢獻的大官。然而自己的日子卻過得很慘，所以他的好朋友，也就是臨邛令王吉叫他去臨邛，然後他倆在臨邛富人面前演出了一齣戲。司馬相如因此拐騙到了卓文君，還因為她成為了富人。這一切，卓文君未必不知道，但是她深愛這個男人，所以她也一直願意陪著他。

後來漢武帝讀到了司馬相如的《子虛賦》，非常震驚，於是就感慨：「朕獨不得與此人同時哉！」他以為司馬相如是過世的文人。當時在武帝身邊的狗監(古代掌管獵狗的官)楊得意告訴他：「這是我成都的老鄉司馬相如寫的。」於是，漢武帝趕緊召見司馬相如。司馬相如獻上《上林賦》，漢武帝讀完後，就讓司馬相如為郎（侍從），也就是專門為皇帝起草文書

的秘書。後來，漢武帝還派司馬相如出使西南夷。所
以當時的司馬相如應該是過著有權有錢的富足日子。
可是不久，司馬相如就辭官了，這是為什麼呢？

　　因為司馬相如難以和那些官僚們勾心鬥角，再加
上他僅僅做了個陵園令。漢武帝一直將他看作耍筆桿
的人，所以也沒有重用。最重要的原因，司馬相如有
了「消渴病」，也就是糖尿病。這樣，他有了更多的
時間來陪卓文君。當然，卓文君更是愛護著這個男
人。但是回家不久的司馬相如就出現了情況，這讓卓
文君很難過。

　　原來，司馬相如和卓文君住在長安的茂陵。這裡
是長安城的風水寶地，住著很多富貴人家。司馬相如
看上了一個茂陵女子，他想娶其為妾。有學者推測這
位茂陵女子，就是一位有錢人家的女兒，而且極有可
能和以前的文君一樣是寡居女人。在當時，男人娶妾
是很正常的事情。但是，卓文君知道，這是相如對她
開始疏遠了，她感到失落，更多的是對相如背叛自己
的痛恨。面對小三出現，男人喜新厭舊了，卓文君應
該怎麼辦？

傾國紅顏玄案——
巾幗美人軼事多，香魂歸何處

　　她寫下了一首《白頭吟》，其中寫道：「聞君有
兩意，故來相決絕。」表明了自己的態度：如果你要
娶那個女人，我就走。同時她又希望「願得一心人，
白首不相離」。這讓司馬相如回想曾經文君伴自己同
甘共苦，因為文君自己才有了錦衣玉食的富足生活。
於是司馬相如回心轉意，與文君白頭偕老。

　　對於卓文君面臨的感情危機，在峨眉山還流傳著
卓文君與同心鎖的故事。據說，當時卓文君寫下《白
頭吟》後，就離開司馬相如，來到峨眉山的金頂。她
站在懸崖邊，準備縱身一躍，跳下萬丈山崖，了卻這
段塵緣。但是一位道士攔住了她，送給她一把同心
鎖，說有情人終會攜手到老。同心鎖，是一種沒有鎖
孔的鎖，寓意永不分離。後來司馬相如果真回到了卓
文君的身邊。當然，這只是當地的一個傳說。歷史上
的司馬相如在晚年因為糖尿病嚴重去世了，不久卓文
君也去世了。

　　君不見豪富王孫，貨殖傳中添得幾行香史；
　　停車弄故跡，問何處美人芳草，空留斷井斜陽；
　　天涯知己本難逢；最堪憐，綠綺傳情，白頭興怨。

我亦是倦遊司馬，臨邛道上惹來多少閒愁；

把酒倚欄杆，歎當年名士風流，消盡茂林秋雨；

從古文章憎命達；再休說，長門賣賦，封禪遺書。

這是四川邛崍文君井旁的一副對聯。這一副對聯很有意思。上句概括了卓文君和司馬相如的愛情故事，下句則遺憾自己沒有司馬相如那樣的好運氣：有美女相陪，有百萬家財，有皇帝欣賞。

這也可以看出，司馬相如和卓文君是令古今今羨慕的一對終生眷侶。

【歷史畫外音】

在《西廂記》中，窮書生張生遇上了貴族女崔鶯鶯，他也彈了一曲《鳳求凰》，可惜崔鶯鶯很矜持，並沒有卓文君那樣敢愛敢恨的勇氣。

「公主琵琶幽怨多」： 其實並非指王昭君

白日登山望烽火，黃昏飲馬傍交河。

行人刁斗風沙暗，公主琵琶幽怨多。

野營萬里無城郭，雨雪紛紛連大漠。

胡雁哀鳴夜夜飛，胡兒眼淚雙雙落。

聞道玉門猶被遮，應將性命逐輕車。

年年戰骨埋荒外，空見蒲桃入漢家。

看了這首李頎的《古從軍行》之後，很多人都以為「公主琵琶幽怨多」指的是王昭君。因為據說王昭君曾被冊封為公主，而且最擅彈琵琶，並且她的故事流傳千古，為大多數人所熟知。其實，中國歷朝歷代和親的公主成百上千，又何止王昭君一個？

只是，很多和親的公主都堙沒於浩瀚的歷史煙塵之中。這首詩裡的公主也是一位遠嫁的漢朝公主，

她不僅有美麗的名字，還有美麗的容貌，《漢書‧西域傳》裡還有關於她的記載。

她叫劉細君，江都王劉建的女兒。元封六年（西元前105年），漢武帝封其為公主，遠嫁烏孫國王昆莫獵驕靡，為右夫人。婚禮的風光並不能掩蓋政治聯姻的實際用意，儘管此時的西漢王朝已相當強盛，經過大將軍衛青、霍去病的徹底打擊，匈奴已經遠離漠北，可是漢武帝仍不得不採用懷柔兼武力的辦法積極打通西域各國，聯合防禦匈奴，烏孫國就是主要的爭取對象。

《漢書‧西域傳》記載：「烏孫國，去長安八千九百里……不田作種樹，隨畜逐水草，與匈奴同俗。民剛惡，貪狼無信，多寇盜，最為強國。漢元封中，遣江都王建女細君為公主，以妻焉。賜乘輿服御物，為備官屬宦官侍御數百人，贈送甚盛。」

就這樣，一枝深宮裡的牡丹註定要在西域的浩渺風沙中搖曳，沒有人眷顧她有多麼的嬌弱無助，沒有人思量她有多麼的戀戀不捨，滿朝文武都在讚頌天子高瞻遠矚的英明決策。面對父母之邦的冷漠，細君公

傾國紅顏玄案——
巾幗美人軼事多，香魂歸何處

主只有將哀怨拋向蒼涼的大地。不過，她留下了她的琵琶，還有她的幽怨，讓史書枯澀的記載變得鮮活生動起來。

相傳，細君精通音律，妙解樂理，樂器琵琶創制的直接原因，就是細君遠嫁烏孫。晉人《琵琶賦·序》云：「漢遣烏孫公主，念其行道思慕，使知音者裁琴、箏、筑、箜篌之屬，作馬上之樂。」唐人《樂府雜錄》中記載：「琵琶，始自烏孫公主造。」

《漢書·西域傳》裡抄錄著她的悲歌：「吾家嫁我兮天一方，遠托異國兮烏孫王。穹廬為室兮旃為牆，以肉為食兮酪為漿。居常土思兮心內傷，願為黃鵠兮歸故鄉。」這首詩傳到漢地，連漢武帝也感慨萬千，於是時常派特使攜帶珍貴禮物去慰問細君，想必細君只有一聲歎息，慘然苦笑，金銀珠寶怎抵思鄉情深？

細君遠嫁的第二年昆莫獵驕靡就死了，其孫岑陬軍須靡繼位。按照西域風俗，新國王將繼承前任國王的妻妾。細君上書漢武帝，表示自己不願再嫁他人，而天子卻赫然命令「從其國俗，欲與烏孫共滅胡」。

　　自始至終，細君雖名為公主，但終究只是一枚任人擺佈的棋子，為了大一統這個冠冕堂皇的理由，作為政治的祭禮，犧牲著自己的青春年華。

　　細君公主在大漠悄然隕落了，她只能祈禱她的靈魂能夠回歸故鄉，實現那個「願為黃鵠兮歸故鄉」的夢想。

【話說歷史】

　　我們讀歷史，對許多英雄人物熟記在心，如衛青、霍去病、李廣等，讀慣了「但使龍城飛將在，不教胡馬度陰山」，但念一念「公主琵琶幽怨多」，也別有一番滋味在心頭。畢竟，蜿蜒綿長的國界線，不僅流淌著男人的血，也曾經流淌著女人的淚。

巾幗不讓鬚眉：
花木蘭代父從軍之謎

　　學生時代都讀過《木蘭詩》，也許至今還能背誦「唧唧復唧唧，木蘭當戶織」的詩句。數年前美國迪士尼公司拍攝了動畫片《花木蘭》，作為女英雄代表，花木蘭的美名在中國家喻戶曉。

　　《木蘭詩》作為經典，對它產生的時代，歷來頗有爭議。歸納起來有漢魏、南北朝、隋唐三說，近代許多學者則認為《木蘭詩》應是北朝民歌。

　　《木蘭詩》的創作，開始可能是一個口頭流傳的類似故事，後來經過許多無名作者潤色，民間藝人傳唱，才成為系統的敘事詩。

　　詩中描述木蘭在敵寇入侵邊關時，女扮男裝代父從軍，沙場征戰12年，屢建戰功。凱旋回朝卻拒受封賞，棄官還鄉，歌頌了木蘭的愛國熱情、不貪慕功名

利祿的高尚情操。

那麼《木蘭詩》中的木蘭是虛構人物，還是歷史上真有其人呢？對此歷來眾說紛紜。

有人稱：縱觀南北朝、隋唐諸史，皆無木蘭其人的記載。南宋程大昌則根據唐代白居易《木蘭花》中詩句：「怪得獨饒脂粉態，木蘭曾作女郎來」，杜牧《題木蘭廟》「彎弓征戰作男兒，夢裡曾經與畫眉」，懷疑有木蘭其人。

還有文章考證說「木蘭」是鮮卑族姓，由此斷定木蘭是鮮卑族人，引出木蘭的姓氏之爭。

那花木蘭真的是姓「花」嗎？其實，在歷史上很長時間內，她都並不姓「花」。

因為詩裡沒有提到她的姓，所以《大明一統志》中說，木蘭姓朱；《大清一統志》則說木蘭姓魏。現在的說法來自徐渭徐文長，他的《四聲猿傳奇》一口咬定木蘭姓花。

此說隨著清代戲曲的興盛而在民間得以廣泛流行，甚至還敷衍出了木蘭的阿爺叫花弧，紅妝的阿姊叫花木蓮，磨刀的弟弟叫花雄，母親是花袁氏。其

實，這都是後人附會的，準確地說，是編的。

那麼，花木蘭代父從軍的傳說到底是不是真有其事呢？

北朝民歌《木蘭詩》，詩歌歌頌了花木蘭代父從軍的故事，後世關於花木蘭的傳說絕大多數都是根源於此，除此之外，關於花木蘭的故事無論在正史還是野史中都沒有記載，只有在各地方誌和詩詞戲曲中能發現花木蘭的影子。

由於在史書中見不到花木蘭的任何記載，因此她的確切事實很難確定，但根據各地流傳下來的民間傳說、民謠，以及各興建的木蘭祠，歷史上存在一個女扮男裝、代父從軍的英勇女性的事情應該是確定的。由於各地方誌和口傳文學的不確定性，花木蘭代父從征的細節則有所差別。

一說花木蘭是河南省商丘市虞城營郭鎮周莊村人。河南虞城仍建有木蘭祠，祠中設木蘭像，並倖存兩塊祠碑，一是元代《孝烈將軍像辨正記》碑，二是清朝《孝烈將軍辨誤正名記》碑，當地的各種民間傳說和歌謠中也留有木蘭從軍的故事。

　　二是說花木蘭是安徽亳縣人。這種說法認為木蘭
姓魏名木蘭，安徽省亳縣人。據《亳州志烈女志》記
載，隋代恭帝時期，北方少數民族入侵，朝廷出兵迎
戰。木蘭因父親已經年邁體衰而代父從征，前後征戰
十二年，屢建奇功。

　　三是說木蘭是河北完縣（今河北順平縣）人。這
種說法來源於河北《完縣誌》的記載，當地現在還建
有孝烈廟，又名木蘭祠，相傳為唐代所建。明萬曆年
間禦使何出光曾經主持重修木蘭祠，並作《木蘭祠賽
神曲》十二首以紀念木蘭。

　　這個觀點把花木蘭生活的年代推到了漢代，代父
從軍之事則無大異。

　　事實上，《木蘭詩》本來就是北朝民歌，流傳於
民間百姓的眾口傳唱，後來才被文人加以輯錄，後代
文人又對其進行了加工，因此對《木蘭詩》是不可盡
信亦不可盡疑的。

　　我們只需要知道，歷史上曾經有一個花木蘭，為
了讓年老的父親免於災難，毅然選擇了代父從征，殺
退敵人後又不貪慕朝廷的榮華富貴，而解甲歸田與父

母兄妹過著田園生活就夠了，木蘭身上展現的是中國婦女的英雄氣概和高尚情操。

【話說歷史】

「唧唧復唧唧，木蘭當戶織。」語文課本裡的《木蘭詩》，相信大家都會記得且印象深刻，無論事件真假，木蘭代父從軍的精神還是值得人們頌揚的。

花不足以擬其色：
花蕊夫人香魂飄落之謎

花蕊夫人，是後蜀主孟昶的貴妃，五代十國的女詩人，擅長宮詞。

有詩詞贊曰，「冰肌玉骨，自清涼無汗」，又有贊曰「花不足以擬其色，蕊差堪狀其容」。

「花蕊夫人」天資聰穎，風華絕代。尤以她的詩作清新婉轉，留給後人許多佳作。

後蜀主孟昶少年風流，不諳朝政，專愛遍訪世間美女，偶見花蕊夫人，視為珍寶，賜貴妃位，封號，花蕊夫人。

整日沉迷後宮的蜀主安知天下大勢風雲變幻，西元964年趙匡胤發兵攻至後蜀城下，蜀軍無一人能戰，都跟隨孟昶投降。

國破家亡，花蕊夫人也隨即被宋兵押解至開封。

有詩為證：

「初離蜀道心將碎，離恨綿綿。

春日如年，馬上時時聞杜鵑……」

寫了一半她已泣不成聲。

到了開封，宋太祖對花蕊夫人之名神往已久，下令召見。

不見則已，一見傾心，他被花蕊夫人的花容月貌所擊倒，幾近失態，後故作鎮定地假裝指責花蕊夫人：「真是紅顏禍水，堂堂後蜀竟毀於一個婦人之手？」花蕊夫人嚴詞道，當皇帝的不知善理朝政，沉迷酒色，以致國家衰敗，而又把這罪名強加給弱女子，是何道理？於是當場作詩：

「君王城上豎降旗，妾在深宮哪得知。

十四萬人齊解甲，寧無一個是男兒！」

花蕊夫人的這首《述亡國詩》，悲憤中帶著不卑不亢的氣節，當時後蜀有兵14萬，竟被趙匡胤的幾萬兵打得落花流水，弱女子的幾句詩讓多少鬚眉汗顏。

太祖非常欣賞花蕊夫人的美貌和才氣把她收納入宮。7日後，孟昶意外死亡，花蕊婦人傷心不已，在

宮中看著孟昶的畫像獨自涕零。

後來宋太祖駕崩，趙光義即位後垂涎花蕊夫人的美麗，欲要佔有，但花蕊夫人不肯就範，遂被惱羞成怒的趙光義一箭射死。關於花蕊婦人的死因，眾說紛紜。還有兩種說法：

一是，「因怨成疾」說。宋太祖對花蕊夫人有別一樣的愛惜，打算立花蕊夫人為后，但是因其亡國之寵妃，不足以立后；後宋太祖立宋女為后，並且因此怠慢花蕊夫人，花蕊夫人本就無親無故，再加上長期的冷宮生活使她再也無法忍受被人遺棄的痛苦，因此產生怨疾，鬱鬱而終。

二是其懷念故主孟昶，招致人身之禍。據說，花蕊夫人在開封深宮裡，每當深夜便拿起孟昶的畫像痛哭流涕以表思念之情。宋太祖知道此事後嚴加追問，花蕊夫人告訴說這是送子的張仙，這也就是民間把花蕊夫人稱為送子娘娘的由來，後來宋太祖還是知道了此事，怒而殺之。

花蕊婦人倒在了她生前最喜歡的芙蓉花中，鮮血把芙蓉花染得格外豔麗，人們欣賞她的才氣和氣骨，

又感歎她對愛情的忠貞不渝，民間有把花蕊婦人尊為，「芙蓉花神、送子娘娘」的傳說。

【話說歷史】

花蕊婦人的死因已經無從考證，但是覆巢之下，安有完卵。她的命運註定是個悲劇。

名妓風雲：
亡國後李師師歸宿之謎

　　李師師是北宋末年冠蓋滿京華色藝雙絕的名妓，她的事蹟雖不見於正史紀傳，但在筆記野史小說裡卻也夠熱鬧的，其事蹟頗具傳奇色彩，也間接證明了李師師的才情容貌非常人能及。

　　據傳曾深受宋徽宗喜愛，並受宋朝著名詞人周邦彥的垂青，更傳說曾與《水滸傳》中的宋江有染，由此可見，李師師早年豔滿京城，在文人官宦人物中頗有聲名，她與宋徽宗的故事也傳為一時佳話，而宋徽宗被擄，北宋亡後，李師師的下落也成為千古之謎。筆記野史中也眾說紛紜，其遭際悲涼透心。

　　誰也想不到，一個人人皆知的昏君卻是一位重情重義的男人，尤其是他對李師師的感情，真讓人感動至極。據說，宋徽宗臨死前最想見到的人就是李師

師，可惜那時金兵入關，宋徽宗逃跑，李師師不見蹤影，後來，她到處尋找徽宗的蹤跡，最後終於在一個廟裡找到了徽宗，只可惜是最後一面，徽宗早已奄奄一息。不過，他還是見到了師師最後一面，他叫著師師的名字離開了人世，這樣轟轟烈烈的愛情，在皇帝與名妓之間的確難得。據史料記載，宋徽宗曾賜給李師師黃金、白銀多達十萬餘兩。為了她，宋徽宗竟然在皇宮和李師師所住的鎮安坊之間開挖了一條地下暗道！

其實師師與其他名妓一樣，總有許許多多的追求者，宋徽宗只不過是其中一個，徽宗對李師師早就有所耳聞，一日便穿了文人的衣服，乘著小轎找到李師師處，自稱殿試秀才趙乙，求見李師師，終於目睹了李師師的芳容：鬢鴉凝翠，鬟鳳涵青，秋水為神玉為骨，芙蓉如面柳如眉。徽宗聽著師師執板唱詞，看著師師和樂曼舞，幾杯美酒下肚，已經神魂顛倒，便擁了李師師同入羅幃。這一夜枕席繾綣，比那妃嬪當夕時，情致加倍。李師師溫婉靈秀的氣質使宋徽宗如在夢中。可惜情長宵短，轉瞬天明，徽宗無奈何，只好

披衣起床，與李師師約會後期，依依不捨而別。

然而好景不長，宋徽宗懾於金兵的淫威，禪位給太子宋欽宗，自己慌忙南逃，後又躲進太乙宮，號稱道君教主，不理天下政務，李師師失去靠山。

據《三朝北盟會編》記載，靖康初欽宗為搜括金銀財寶以向金人乞和，居然下旨收了李師師等人的家產。也有記載說她自知難逃抄家之災，時值金兵侵擾河北，「乃集前後所賜之錢，呈牒開封府，願入官，助河北餉」，並自乞為女道士。無論是抄家籍沒家產，還是自願繳納入官，經過這次浩劫，李師師幾乎一貧如洗，地位自然也一落千丈的從天上落到人間。而隨著北宋王朝的滅亡，她更為淒慘的命運還在後面。而「靖康之恥」後的李師師下落，更有如下三種說法：

第一種說法：以死殉國

《李師師外傳》記載說，金人攻破汴京後，金主也久聞李師師的大名，讓他的主帥撻懶去尋找李師師，但是尋找多日也沒有找到。後來在漢奸張邦昌的幫助下，終於找到了李師師。李師師不願意伺候金

主，先是用金簪自刺喉嚨，但是沒有成功，於是又折斷金簪吞下自殺。

第二種說法：老死江湖

《青泥蓮花記》記載：「靖康之亂，師師南徙，有人遇之湖湘間，衰老憔悴，無復向時風態。」張邦基《墨莊漫錄》書中稱李師師被籍沒家產以後，流落於江浙一帶，有時也為當地士大夫唱歌，「靖康間，李生與同輩趙元奴及築毬吹笛袁綯、武震輩，例籍其家。李生流落來浙，士大夫猶邀之以聽其歌，憔悴無復向來之態矣」。清初陳忱《水滸後傳》繼承了這一說法，說李師師在南宋初期，流落臨安（杭州），寓居西湖葛嶺，操舊業為主「唱柳耆卿，楊柳外曉風殘月」。

第三種說法：被俘北上

稱李師師在汴京失陷以後被俘虜北上，被迫嫁給一個病殘的金兵為妻，恥辱地了結殘生。清人丁躍亢《續金瓶梅》等書皆宗其說。但也有人提出異議，當時金帥撻懶是按張邦昌等降臣提供的名單索取皇宮婦女的，李師師早已當上了女道士，自然不在此例，所

謂是「師師必先已出東京，不在求索之列，否則絕不能脫身」。

以上說法，似乎第二種說法較為可信。汴京失陷前，李師師已廢為庶人，當了女道士，說她匿於民間，流落於江浙。總之，小說家為潤飾其作，點綴人物，各取所需，所以所取李師師的歸宿種種不一；追根溯源，主要由於李師師是與亡國君主有關係的女子。皇帝與名妓，貴賤懸殊，其情事也必涉及國事，有關她的傳聞，不免有許多臆測和訛傳的成分，因而她的歸宿究竟如何，恐怕永遠是難解之謎了。

【話說歷史】

李師師，北宋末年色藝雙絕的名妓，她慷慨有快名，號為「飛將軍」。她的事蹟在筆記野史、小說評話中多有記述。較早的可見張端義《貴耳集》、張邦基《墨莊漫錄》、宋代評話《宣和遺事》。

名門之後：
楊門女將穆桂英是否真有其人

在中國各個地區流傳著許多有關穆桂英和楊家將的故事。穆桂英掛帥也幾乎是家喻戶曉，婦孺皆知。其實為了增加趣味性，許多故事、小說、演義都虛構了許多楊家將沒有的人物和事件，比如說穆桂英大破天門陣等。添加了許多荒誕不經的情節。

戲曲中多次講穆桂英領兵掛帥，充當大將，頻頻扭轉戰局，然而穆桂英在正史中也未有記載。所以不少人對穆桂英本人的存在提出了質疑，甚至有人提出觀點說不僅穆桂英是虛構的，而且楊宗保這人在歷史上根本就不存在。那麼穆桂英是否真有其人，還是虛構的人物呢？

民間都認為穆桂英當然有這個人，而且是一個頂天立地、勇冠三軍的女英雄。民間所熟悉的楊家將故

事，穆桂英是巾幗英雄，出手不凡，她具備很多婦女沒有的文化心理素質和出類拔萃的英武行為，也蘊含男子漢鬚眉者所缺乏的將才、帥才。

人們敬仰她，奉若神明，這是因為她確有很多過人之處：年紀輕輕，自作主張，挑選丈夫，不受禮制等框架限制。男人不同意，就像京劇演出那樣，把他縛綁，用刀架在脖子上硬意逼婚，這種以女性為主體的快速結婚模式，是穆桂英一大創造，頗具真性情。53歲還跨上桃花馬出征，風韻不減當年。

但關於正史的記載中，並無穆桂英這一人。《宋史‧楊業傳》中只收錄楊業及其子延昭等七人，和其孫文廣一人，並無一字提及女眷。

倘若楊門女將確曾有過的話，那麼，專收「義婦節婦」之事蹟的《烈女傳》也會記載。《宋史‧烈女傳》，該傳共收近40名「奇女子」，但其中並沒有穆桂英的記載。

不過近年發現的山西代縣《楊氏宗譜》、山西原平《楊氏宗譜》於六郎延朗名下，都分別記有宗保、宗政、宗勉三子；而在湖北黃梅發現的《楊氏宗譜》

更明確記有「宗保妻穆氏，生文廣、同信二子」。可見家譜中有她和楊宗保的。因此有學者認為，穆桂英姓名雖未見史冊，但並非無此人。據稱「楊文廣之妻慕容氏，武藝高強，英勇善戰，遼兵將均畏之」《保德州志》。

又據該志說，慕容氏家鄉在保德州的穆塔村，而慕、穆姓音貼近，所以，學者認為，「《保德州志》未載其名，後人可能除改其姓氏外，還給她取了民間通用的『桂英』這個名字，以取其流傳的方便。」「穆桂英助楊家於沙場；可謂不無根據，至於名字如何，乃其餘事」。

另一種說法是，楊宗保並非是小說人物，現在稱楊宗保無此人是以《宋史》為據，但早於元末的南宋遺民徐大焯《燼餘錄》就有「延昭子宗保，官同州觀察，世稱楊家將」記載，楊宗保有此人此事。由此推理很難說歷史上沒有穆桂英式的楊門女將。

也有學者根據宋人《隆平集》和《宋史‧楊業傳》，論定楊延昭子無宗保而有楊文廣等。楊延昭和楊文廣「既是父子關係，他兩人中間不會再有楊宗保

一輩。小說中所述楊宗保在打天門陣後的活動，『兵征西夏』、『平定西夏』又都是楊文廣的事蹟」。可以看出宋元評話、雜劇所演述的楊宗保，恐怕實際上是指著楊文廣。因為穆桂英的丈夫楊宗保「不是歷史人物，是小說家虛構的」，「所謂楊穆聯姻，所謂破天門陣，都是小說家為了渲染楊家將及楊門女將而塑造的形象和推理的故事」。（同上）因為楊宗保不存在，當然也就沒有穆桂英的故事了。

【話說歷史】

　歷史的虛實真假已經因為年代的久遠而無從證實了，作為封建朝廷，透過宣傳楊家將和穆桂英的故事，強調忠孝的思想，而在民間的流傳，則反映了人民群眾對英雄的懷念以及對「巾幗不讓鬚眉」的讚歎！

我見青山多嫵媚：
明末名妓柳如是為何自縊身亡

柳如是是秦淮八豔之一，雖然身處章台(舊為妓院的代稱)，卻是忠貞的愛國奇女子。她出身卑微，不幸落入風塵，卻與明末的義士文人相交往。清兵南下後，還暗中支持反清復明活動。

後來她認識了錢謙益，在江南過著幸福的日子。可是，當錢謙益去世後，她也自縊身亡。為什麼柳如是選擇自殺？至今，柳如是之死，也是歷史上難解的一個謎。

柳如是生於西元1618年，正值明末亂世。她本姓楊名愛，由於家中困窘，被賣入青樓。她後來就改名換姓為柳隱，她讀到南宋辛棄疾的詞《賀新郎》中有：「我見青山多嫵媚，青山見我應如是。」於是自己取字「如是」。

　　柳如是天資聰慧，容貌俏麗，善作詩文，工於書
畫，所以當時名滿江南。但是她並非一般倚門賣笑、
在秦淮紅船中度過青春的青樓女子。她與明末復社的
領袖宋征輿、陳子龍等來往，她還和陳子龍有過一段
戀情。後來陳子龍在抗清起義中被逮捕，投水自殺。

　　在崇禎十四年（西元1641年），23歲的柳如是嫁
給了59歲的錢謙益。錢謙益出身江南名門，是明清之
際的文壇盟主。錢謙益家產殷實，肥田千頃，奴婢過
百，財力雄厚。

　　康熙三年（西元1664年）五月二十四日，83歲高
齡的錢謙益溘然長逝。隨後幾天，他的妻子柳如是即
懸樑自盡。那麼，這位名妓自縊身亡的真正原因是什
麼呢？

　　傳統的觀點認為，這是癡情的柳如是為丈夫殉
情。從錢謙益和柳如是的相識開始，到他們的婚後生
活來看，他們始終是如影隨形的眷侶。如果其中一個
故去，另一個在人世間也難以苟活。

　　柳如是經常穿著男子的儒服和江南的文人們往
來。錢謙益學識淵博，譽滿海外，而且柳如是十分仰

傾國紅顏玄案——
巾幗美人軼事多，香魂歸何處

慕錢謙益。所以，在崇禎十三年（1640年），她就曾女扮男裝前去拜訪錢謙益，但錢謙益認為這只是一個俗人，所以不曾相見。

但是柳如是在臨走前留下一首詩：「聲名真似漢扶風，妙理玄規更不同。一室茶香開澹黯，千行墨妙破冥蒙。竹西瓶拂因緣在，江左風流物論雄。今日沾沾誠御李，東山蔥嶺莫辭從。」錢謙益讀後覺得此人並非尋常之輩，於是追趕出去，但已經不得見了。

當年的11月，錢謙益經人介紹認識了柳如是。兩人再次相遇，談詩作曲，相聊甚歡，錢氏還為柳如是在自己的山齋半野堂旁建了一座「我聞堂」，這裡借用了佛家的「如是我聞」，正好襯合柳如是的名字。

第二年春天，兩人便結為了夫妻。這在當時引起了軒然大波，一個是明朝三甲進士、前禮部侍郎的名門大家，而一個是秦淮河的風塵女子。他們的結合遭到了很多非議，甚至在婚禮當天，錢謙益迎親的船都遭到了瓦石投擲。但是錢謙益毫不畏懼，毅然將柳如是娶進門。

這讓柳如是感動不已，願意陪伴錢氏終身。當時

的柳如是正值青春妙齡，年僅23歲，而錢謙益已經是
年滿花甲，但二人婚後生活還算幸福。他們生下了一
個女兒，這讓夫妻間的感情更加親密了。兩人常在一
起談詩論畫，琴瑟相和。

錢謙益十分寵愛柳如是，不惜花重金為她建造了
絳雲樓和紅豆村。錢謙益還曾慷慨的以三千兩銀子贖
出了柳如是的好姐妹董小宛，讓小宛和冒辟疆成為恩
愛夫妻。同樣，柳如是也十分愛戀錢謙益，將其視為
終身依靠。

順治年間，錢謙益因為門生黃毓祺謀反一案，被
捕入獄。柳如是為此到處奔走，打點上下關節，最後
錢謙益被無罪釋放。

錢謙益對此感激涕零，在詩中說：「慟哭臨江無
孝子，從行赴難有賢妻。」在他的心目中，柳如是不
是一個妾，而是一位賢妻。由此可見二人的感情很
好，彼此難以割捨。所以說，在丈夫死後，柳如是為
其殉節的說法也是情有可原的。

但是還是有人從歷史中看出了不同，他們並不認
同殉情說，那麼，柳如是是為何自殺呢？有人認為柳

如是是被逼自殺的。這到底牽扯到什麼事情？竟然讓
「風骨嶒峻」的柳如是懸樑自盡。錢氏作為江南富貴
之家，家產豐厚，錢謙益的去世就引發了家產糾紛，
而柳如是就因為家產問題，被錢氏族人逼迫自盡。

　　柳如是加入錢家，錢謙益為了她慷慨付出，甚至
將一家的財政大權也交給柳如是。這是錢謙益對柳如
是的愛意和信任，然而這卻惹來錢氏族人的不滿。因
為錢謙益活著的時候，有著錢謙益的保護，所以族人
從未說過反對的話，但心裡肯定積存著憤怒。因此在
錢謙益死後，家族中便爆發了一場家產爭奪的鬥爭，
也就是所謂的「錢氏家難」。

　　在錢氏族人的眼裡，柳如是只是錢謙益的小妾，
讓她掌管家政大權是對族人的一種侮辱。他們原本就
已經積怨太深，再加上柳如是現在失去了靠山，所以
他們就開始對她施壓，於是就爆發了這場家變。當時
的柳如是因為丈夫離世，悲痛欲絕，還不得不勉力操
辦錢氏的葬禮。

　　然而族人錢曾等人卻在這個時候，大吵大鬧，敲
詐勒索，而且逼著柳如是交出家中的財政大權和房

產，在當時就奪走了良田600畝和數十個僕人。但這些人不想善罷甘休，幾天之後，他們又來索要白銀3000兩，並且威脅說：「如果沒有這筆錢的話，妳就只能死，這筆錢不能少一分，還不能用衣服、首飾抵押，最好快點拿出來」。

這群人還甚至揚言，要把柳如是的女兒和女婿趕出家族。面對這種土匪式的威脅，柳如是感到氣憤。如今丈夫屍骨未寒，就遭到這些小人的凌辱，感到自己孤立無援。

面對著這樣的處境，她的心已經冰冷了，然而她還是鎮定自若地對這些鬧事的族人說：「稍靜片刻，容我開張。」隨即，她獨自一人登上閣樓，緊閉房門，寫下遺書，懸樑自盡了。

她在遺書中，希望錢謙益的長子和女兒、女婿到衙門裡告狀為自己申冤。所以，在《中國歷代才女小傳》一書中認為，柳如是實際上是被族人逼迫而自縊身亡的。

還有一些學者認為，柳如是的自殺是一個壯舉，她的壯舉充分顯示了她對封建惡勢力的大膽抗爭。

傾國紅顏玄案——

巾幗美人軼事多，香魂歸何處

　　其實殉情說的根據是片面的，事實上，錢柳之間的愛情生活並非十分美滿。他們之間有著各自的差異，這讓柳如是經常產生惆悵的情緒，在婚後的一些詩作中就有展現。

　　雖然柳如是仰慕錢氏的才華，但是作為明清之際的官員兼文人的錢謙益，卻有著人生的幾大污點，這讓柳如是極為不滿。

　　順治元年（1644年）李自成攻破北京城，崇禎自縊死。柳如是便勸錢謙益和她一起投湖殉國，然而錢謙益到了湖邊卻退縮了，他說：「水太冷了……」柳如是氣憤這個男人的軟弱，自己準備投水自殺，卻被錢謙益死死抱住。五月，福王朱由崧在建立南明小政權，柳如是支持錢謙益去投奔南明，錢氏因此被任命為禮部尚書。次年5月，清兵渡江，錢謙益及總督京營戎政趙之龍、大學士王鐸等迎降。

　　柳如是得悉後非常氣憤，等錢回家後，就準備了刀繩要他盡節：「你殉國，我殉夫」，可是錢謙益貪生怕死，不願意。所以這兩個人也有著信念的不合，並非是美滿的婚姻。

　　但是，在柳如是的感染下，錢謙益也做出過愛國的舉動，比如暗中資助反清復明人士，聯繫鄭成功等。然而，正是因為這個男人的離去，才會讓錢氏族人有機會欺凌柳如是。

【話說歷史】

　　中國國學大師陳寅恪一生的封筆之作《柳如是別傳》，認為柳如是代表了民族獨立之精神。然而正是這樣一個俠義名妓，最後的人生卻以自殺收場，其中的緣由已隨歷史成為謎團。

病眼看花愁思深：
董小宛亂世紅塵卻是生死之謎

　　董小宛是秦淮河岸的一代名妓，她因仰慕李白而自名白，別號「青蓮女史」。

　　明清之際，她出身於金陵城，然而因父母亡故而淪落風塵。16歲的她色藝俱佳，與柳如是、陳圓圓、李香君等同為「秦淮八豔」，甚至被認為是「東南第一美女」。後來錢謙益出面為其贖身，柳如是為她介紹復社四大公子之一的冒辟疆。這樣，才子佳人結成伉儷，這兩人的恩愛在歷史上成為一段佳話。然而，後來清兵南下，在兵荒馬亂之中，冒辟疆與董小宛顛沛流離，最後董小宛的人生結局卻成為歷史上的一個謎。

　　那麼，到底這位紅粉佳人魂歸何處？當然，其中最有名的一個故事是：董小宛後來入宮成為了順治帝

的董鄂妃。

難道真是一代帝王奪去了冒辟疆的心頭之愛嗎？據說，在西元1645年，清兵南下，冒辟疆帶著董小宛逃難。不幸的是，董小宛在秦溪被清兵擄去後，不久她就被送到了經略江浙軍務的洪承疇處。

洪承疇看著這絕色佳人後，謀算著一個計畫：他要把董小宛送到紫禁城內。因為這樣做可以得到皇帝的賞賜，加官晉爵。不過董小宛雖曾淪落風塵，但也是剛烈女子，她一定不會答應去伺候佔領漢人江山的滿洲人。所以洪承疇就想了一套說辭：妳董小宛知書達理，深得儒家文化的精髓，如果進入了皇宮，就可以影響這些滿人，讓他們折服於漢人的文化之下。

他甚至用王昭君、文成公主來比喻董小宛，希望她能捨小我，成就大我。當時的董小宛也深知，自己也落入清兵的羅網，已經難以逃出去，與其一死了之，還不如進京成為內應，等待漢人的復辟，於是她就答應了洪承疇。

洪承疇與清廷大臣鄂碩是莫逆之交，後來董小宛進了鄂府，被鄂碩收為義女，取名董鄂氏。經過三年

傾國紅顏玄案——
巾幗美人軼事多，香魂歸何處

時間，董小宛的穿著打扮、言談舉止都和那些滿洲格格一樣了。

清朝初立，順治皇帝開始在滿洲人中選妃，董小宛憑藉天生麗質和出眾才藝順利入宮，成為順治帝的妃子，並且深得順治的寵愛。她先是被封為賢妃，後又加封為皇貴妃。兩年後她為順治帝生下一個龍子，不幸這孩子3個月後神祕夭折。順治非常悲痛，他將這個死去的孩子追封為「和碩榮」親王。

雖然董小宛悲痛欲絕，但對她更不利的，是她的事情被孝莊太后發現了，於是董小宛飲鴆而亡。董鄂妃亡故，更是對順治帝的巨大打擊，他將董鄂妃封為「孝獻端敬皇后」。順治從此鬱鬱寡歡，接連的打擊讓他心灰意冷，不久就去五臺山出家為僧了。

這似乎是稗官野史，但是近代學者曾說：「小宛入宮，實顧亭林（即顧炎武）主謀，有獻西施沼吳之意」。他的意思是說：當時以「天下興亡，匹夫有責」為號召的顧炎武，出謀將美貌的董小宛送進清宮內院，為的是以紅顏讓順治沉迷美色。這就如同戰國時，越國向吳王夫差獻西施，夫差重色而招致國滅。

　　然而歷史學家透過研究後發現：董小宛生於西元
1624年，而順治卻出生於西元1638年。遭受1645年秦
溪之劫的董小宛，時年21歲，而當時的順治才7歲。
所以這個故事只是後來人的演義，歷史上的董鄂妃是
出身滿洲的貴族。那麼，歷史上的董小宛究竟是如何
死去的呢？

　　還有一種說法是董小宛死於揚州。為什麼董小宛
會出現在揚州，而不是守在如皋冒家或者南逃？西元
1645年初，清軍大舉南犯，4月18日，多爾袞兵臨揚
州城下，當時的南明守將是史可法，他正率城中軍民
浴血奮戰。這個時候，據說冒辟疆託付董小宛前往揚
州犒勞將士。於是董小宛就從如皋趕往揚州，奔走於
揚州的戰場前線，她將自己親手製作的酥糖分發給南
明將士。

　　然而此時的揚州，最終因為沒有援軍而寡不敵眾，
史可法率軍苦苦支撐了7天後，揚州城被攻破，史可
法壯烈殉國，據說董小宛也自刎而亡。後來，揚州百
姓為紀念董小宛，將她犒勞軍隊的酥糖命名為「董
糖」，並將其外表一律以紅紙包裹，以示小宛的碧血

傾國紅顏玄案——

巾幗美人軼事多，香魂歸何處

和史將軍的赤心，至今「董糖」仍是維揚一帶的傳統名吃……這種說法也廣受質疑，為什麼冒辟疆會讓一個弱女子去戰火紛飛的前線？

而最可靠的說法是董小宛病逝於如皋冒家。當年，19歲的董小宛以3000兩銀子贖身後，就嫁給了年長她14歲的冒辟疆。不久，冒辟疆帶著小宛回到了如皋老家。

冒辟疆此前娶有正妻，所以董小宛是以妾的身分進入冒家。她進入冒氏之門後，與冒家上下相處極其和諧。冒辟疆的母親馬老太太和正妻蘇元芳特別喜歡董小宛，而小宛也很恭敬順從。閒暇時，小宛與辟疆常坐在畫苑書房中，賞花品茗，鑒別金石。

據說過了九年的夫妻生活後，28歲的董小宛病逝。冒辟疆在長達240韻的《悼亡妾董氏辭》中載：「餘與子形影交儷者九年，今辛卯獻歲二月長逝。」後來的《如皋縣誌》也採用了這一說法：「董小宛身患重病，於南明永曆五年（1651年)正月初二夭亡，時年28歲，葬如皋南門外。因年久無人過問，葬址已迷失。」

　　這樣看來，董小宛之死這樁歷史疑案似乎可以了
結。病逝於如皋似乎最接近事實，但是歷史並不是如
此簡單，那董小宛之死還有什麼疑問呢？

　　這一次的疑問來自冒辟疆自己的記載。1645年冒
辟疆確實攜帶家眷南逃，但是在途中遭遇了已經叛變
歸屬清朝的軍隊。

　　他在《影梅庵憶語》中有詳細記載：「卒於馬鞍
山遇大兵，殺掠奇慘……僕婢殺掠者幾二十口，生平
所蓄玩物及衣具，靡孑遺矣……天幸得一小舟，八口
飛渡，骨肉得全，而姬之驚悸瘁瘝，至矣盡矣！秦溪
蒙難之後，僅以俯仰八口免。」這裡面有一個事實是
「姬之驚悸瘁瘝，至矣盡矣」，也就是說他的姬妾因
為受到驚嚇而病倒了，甚至遭受到了亡故。

　　而50歲之前的冒辟疆僅有董小宛一個妾，當時冒
辟疆35歲。那麼，這位受到驚嚇的姬妾就是董小宛
嗎？或者是說董小宛真的被擄走了，冒辟疆不願意說
出這奇恥大辱，就假稱其是病死？

　　事隔31年後，清康熙二十一年，年逾古稀的冒辟
疆在《答和曹秋岳先生相遇海陵寓館，別後寄贈十首

傾國紅顏玄案——
巾幗美人軼事多，香魂歸何處

原韻》中寫道：「至今望秦海，鬼妾不曾歸」。「秦海」是鹽官的別稱，其指的是當時準備逃難去的浙江海寧，但是極有可能是指遭受劫難的「秦溪」；至於「鬼妾」，人們猜測，這就是指董小宛。

正是這一段「秦溪蒙塵」，冒辟疆掩蓋了真相。冒辟疆的同時代好友對董小宛的遭遇也多諱莫如深：冒氏的義兄金壇張明弼在《冒姬董小宛傳》中稱：「其致病之由與久病之狀，並隱微難悉。」冒氏的詩友王士祿在哀悼小宛的詩中云：「漫道明妃尚有村，芳堤難覓窈娘魂。淒涼何許傷心路，楊柳春風白下門。」這首詩分明是藉「昭君出塞」的典故來影射小宛被異族所擄一事。

天津查為仁在《蓮坡詩話》中說董小宛的「墓在影梅庵側」。據上海文史專家實地考證，舊時如城南龍游河畔的彭家蕩確有一董小宛墓，但前些年進行挖掘時，裡面卻沒有骨殖，僅有陪葬物，這僅僅是一個「衣冠塚」。那麼，董小宛之死的真相就更加撲朔迷離。不過，董小宛的人生轉折就在「秦溪之劫」，由於這一段歷史模糊，所以才產生了很多傳說。

　　奇女子董小宛，她不僅留下了死亡之謎，甚至在
《紅樓夢》的謎團中也出現過。據說曹雪芹《紅樓
夢》的林黛玉的原型就是董小宛。2003年在浙江海鹽
發現了的「董小宛葬花碑」。

　　加上董小宛也長期生活在南京秦淮河。金陵，是
曹雪芹生活過的地方，也是《紅樓夢》的故事發生
地，更是林黛玉芳消之地。但曹雪芹離董小宛已經近
百年時間了，所以，他也僅僅是運用了小宛葬花的故
事，對於其死可能也不知道。

【歷史畫外音】

　　董小宛與陳圓圓、柳如是、李香君都是明清之際
的傳奇。董小宛與冒辟疆、陳圓圓與李自成和吳三
桂、柳如是與錢謙益、李香君與侯方域。這些明清之
際的人物，在歷史上是重要人物，卻也留下了許多謎
團，特別是關於她們最後的生死之謎。

公主墳中的公主到底是誰：
歷史上有無「還珠格格」

由於瓊瑤的「神來」之筆，使「還珠格格」一夜之間成了京城家喻戶曉的人物。

據報導，瓊瑤某日路過京西公主墳，問同車之人，此地為何叫公主墳？答曰，因有一清代的公主埋葬於此，故而得名。於是瓊瑤文思泉湧，由此演義出一部《還珠格格》。

公主墳中究竟埋葬的是誰呢？有人說是孔四貞，但說法不一，這暫且只是其中一種。

據史書記載，乾隆皇帝一生共有27個子女，無一是乾認的。但在民間傳說中，乾隆皇帝確曾有過一個乾女兒，而且還真是漢籍的。

那這位漢族公主是否就是還珠格格的原型呢？民間傳說中有這麼一段，乾隆皇帝和劉墉、和珅三個人

一起去微服私訪。後來走到一個村子裡，皇帝餓了，於是找了一戶人家去蹭飯。

給皇帝開門的是一個老頭兒，老頭兒和女兒相依為命，乾隆皇帝覺得飯很好吃，小姑娘也很可愛，他心情很好，主動提出，妳這麼乖巧可愛，我收妳做乾女兒吧！

其實吧！如果皇帝就是這麼一說，說了就算了也行，偏偏他還給這家人留下了一塊手帕，說有需要到京城的皇家大院來找我。

當時說得好聽，結果乾隆皇帝回了京城，立刻就把這事給忘了。沒想到的是，對方竟然真的找來了，還拿著手帕當證據。

皇帝說的話都是聖旨，必須算數，乾隆皇帝只好把這漢族的小女孩封做了格格。

傳說不算數，史書上記載的，才是真實的。歷史上真正存在一位漢族血統的格格，她的名字叫孔四貞，是孝莊皇太后的乾女兒，封號是和碩格格，她也是清朝幾百年歷史當中，唯一的一位漢族格格。因此，她被認為是最貼近「小燕子」經歷的人，可以算

作是還珠格格的歷史原型。不過，這位格格的封號不是還珠，而是和碩格格。她是孝莊皇太后的義女，名叫孔四貞。

孔四貞跟小燕子不一樣，她出身名門，父親孔有德是明朝參將，在崇禎五年降清，後來被封為定南王。從此屯兵桂林，鎮守廣西。

當時，南方的反清鬥爭十分高漲。順治九年（1652年）五月，一直活躍在四川一帶的明末起義軍張獻忠餘部大西軍，在其首領李定國率領下，由川東進入湖南，再轉攻廣西，進行抗清鬥爭。大西軍一路所向披靡，節節勝利，七月初，將孔有德包圍在桂林城內。

孔有德前無援兵，後無退路，眼看大西軍就要攻入城內，只好咬牙忍痛親手將所有愛妾殺死，然後將兩年多來在廣西搜刮的奇珍異寶聚於一室，燃火自焚。

大西軍進城後，把人人痛恨的孔氏全家統統處死，唯有孔四貞被其父的部下救出。大西軍佔領桂林、孔有德自殺身亡的消息傳到京城後，世祖福臨深

感震驚和哀痛。震驚的是反清力量居然還那麼強大；哀痛的是孔有德及其孔家軍的滅亡，使清王朝少了一支鎮壓抗清鬥爭的主力軍。

為此世祖福臨下令徹朝「痛悼」，並與孝莊皇太后商量後，傳旨叫清軍將孔四貞由廣西護送到紫禁城，交由太后親自撫養。

於是孔四貞就成了當時絕無僅有的住在後宮中的漢人。當然，這位格格並不是小燕子那樣沒頭腦只會亂闖禍的人。因為父親和哥哥都在戰亂中死了，孔四貞實際上掌管著定南王府上下的事務，甚至包括軍權。

當然，孔四貞是跟著孝莊皇太后住在宮裡的，只是她還是能將定南王府和封地管理得井井有條。

後來的三藩之亂當中，孔四貞也被捲進了戰亂，歷經數年，直到康熙二十一年，康熙皇帝平定了三藩，孔四貞才從昆明回到了北京，並且在北京終老。

所以還珠格格的故事基本是瓊瑤為了寫小說自己杜撰的，並無真實的史料記載，但無論如何，她還是依據於歷史的一些邊角料創作出紅遍大江南北的「小

燕子」故事，並受人喜愛至今。

【話說歷史】

　　如今北京還有公主墳，據傳葬著孔四貞，不過也有學者考證說不是，還珠格格太深入人心，不過只是小說和電視劇，歷史是歷史，小說是小說，不可混淆視聽。

心狠手辣：
成就武則天讓人悲歎的王皇后

　　王皇后，唐高宗的結髮妻，史稱「廢后」。王皇后不但有高貴的出身，還有美麗的容貌。她是被同安大長公主推薦，唐太宗——她的公公選中的兒媳婦。

　　可能是因為唐太宗喜歡長孫皇后式的端莊美女，所以就按長孫皇后的標準挑選了王皇后為兒媳。

　　唐太宗很喜歡這個兒媳，因為她是知書達理，孝順謙恭，對她評價很好，臨死的時候還託孤，對褚遂良說過：「佳兒佳婦，悉託付汝。」在王氏15歲時，嫁給了晉王李治，冊封為晉王妃。

　　貞觀二十三年，唐太宗去世，太子李治即位，是為唐高宗。王氏也自然成了皇后。

　　王皇后一生無子，這成為王皇后最大的缺憾，也是唐高宗多年縈繞心頭的一塊心病。唐高宗淑妃蕭

氏，生有一子雍王李素節，因此深得唐高宗寵愛，遭到王皇后極大嫉妒。

當王皇后聽說唐高宗與唐太宗才人武則天在感業寺相會一事後，就祕密派人見武氏，讓她蓄髮，並且勸唐高宗把武氏接回後宮，想利用武氏來離間蕭淑妃之寵。武氏為人聰明伶俐，剛入宮時，她低聲下氣，「卑辭屈體以事后」，博取了王皇后的歡心，王皇后在唐高宗面前極力稱讚武氏懂禮識大體。

善良而單純的王皇后以為對手已經打倒，目的已經達到，從此可以高枕無憂了。哪知螳螂捕蟬，黃雀在後，王皇后很快發現，武則天才是她更難對付的強勁對手，於是又反過來聯合蕭淑妃，共同對付武則天。

當時的高宗已經被武則天迷得七葷八素了，而武則天的野心明顯不只是當個昭儀那麼簡單，此時的高宗皇帝居然為她而改祖制，在貴淑德賢四妃之上加一個宸妃。唐初皇后之下有貴妃、淑妃、德妃、賢妃四夫人，地位僅次於皇后，特別是貴妃，但李治不封武則天為貴妃，而另闢蹊徑、立為宸妃，可見高宗對武

則天之寵愛已經超越常規，已經把武則天當成夫人之上的準皇后了，因此高宗「廢王立武」只是時間問題而已。

但對一心想為天下女人先的武則天來講，那肯定是不滿意的，她現在看重的是王皇后那坤載萬物的寶座、是中宮頭椅。這次她要炮製一個刑事案件。武則天對王皇后所用的第一個殺手鐧是巫蠱事件，憑藉巫蠱事件，武則天為謀取後位奠定了堅實的基礎。

「巫蠱」，本來是以民間禮俗迷信作為觀念基礎而施行的加害於人的一種巫術形式。「蠱」的原義，大約是以毒蟲讓人食用，使人陷於病害。

但是果真是武則天誣陷的嗎？史上卻又有兩種不同的說法。

一個版本說王皇后主動參與巫蠱事件，一個版本說是被武則天所誣陷。《舊唐書》同《新唐書》有不同記載，《舊唐書・王皇后傳》中說：「帝終不納後言，而昭儀寵遇日厚。後懼不自安，密與母柳氏求巫祝厭勝」；而《新唐書・王皇后傳》中記載：「而昭儀詭險，即誣後與母挾媚道蠱上，帝信之，解魏國夫

人門籍，罷後舅柳奭中書令」。但新舊唐書都沒有說明，巫蠱案是詛咒高宗皇帝還是詛咒武則天。如果是詛咒武則天，那還構不成廢后的影響與威脅，因此事後高宗曾準備廢后，被長孫無忌、褚遂良諫止。

既然詛咒武則天構不成廢后的威脅，那所詛咒的對象就只有高宗皇帝了，但與王皇后有衝突的是武則天，而不是高宗皇帝，所以王皇后完全沒有詛咒高宗的必要，咒死高宗皇帝對她來說沒有什麼好處。後來唐高宗權衡利弊，並沒有按照刑事案件處理。

不過，王皇后的舅父中書令柳奭被貶。因為這次事件，王皇后和家族的聯絡就斷了。這樣一來，武則天想要廢后，就更為簡單了。

如果這次巫蠱事件王皇后是被陷害的，她又為什麼不去證明自己的清白呢？巫蠱這種邪術原本就是說不清道不明的東西。而且當時武則天把高宗皇帝迷得暈頭轉向，對武則天的話，高宗是言聽計從、無所不予的。在高宗皇帝一心想著武則天的時候去爭辯事非，只會越描越黑。

這之後，武則天又誣陷王皇后殺死小公主，話說

武則天生下一女安定公主，王皇后前來探望，逗弄了小公主一下便離去。

等高宗前來時，發現公主早已斷氣，旁人說是王皇后，武則天痛哭流涕，高宗也憤怒至極，認為王皇后殺害公主，但是又沒有確實的證據，對公主暴斃之事無可奈何。但在武則天不斷地進讒之下，高宗已開始有廢后之意，且對昭儀更加疼愛。

從利益上看，殺嬰對王皇后有害無利，殺害皇帝的孩子，只能陷她於不利。而且生公主等於無出，並不影響她皇后的位置，王皇后怎麼會殺小公主來置自己於不利？

但就算所有的人都不相信她會殺害小公主，她的丈夫卻相信了。一個男人，一旦被愛情迷昏了頭腦，理智就不存在了。

王皇后本性沉穩端莊，循規蹈矩、不敢越雷池一步，卻遭遇如此下場，實在是可悲。如果她是個普通女子，嫁個斯文的書生，端莊美麗的她或許能得到丈夫的愛，舉案齊眉，相敬如賓，平穩幸福過完一生。

可惜，她高貴的出身置她於皇后的地位，嫁個無

情無義的皇帝，所以要命運悲慘。她一生沒有情愛，被丈夫冷落，只有浸入骨髓的冰涼。

她一生沒有平靜，午夜夢迴，寂寞淒涼，思緒只能停留在怎樣保存后位，生存下去。

【話說歷史】

武則天的野心，強悍，殘忍，城府，造就了一個傳奇，應該是創造一個奇蹟！而在這歷史長河中，王皇后幾乎是微不足道的！可想而知，無論曾經的所作所為到底如何，歷史記住的，終究是能夠「有所為」的人。

i-smart

智學堂
智慧是學習的殿堂

★ 親愛的讀者您好，感謝您購買　繁華不再：和平背後的殘酷歷史之謎　這本書！

為了提供您更好的服務品質，請務必填寫回函資料後寄回，
我們將贈送您一本好書（隨機選贈）及生日當月購書優惠，
您的意見與建議是我們不斷進步的目標，智學堂文化再一次
感謝您的支持！
想知道更多更即時的訊息，請搜尋"永續圖書粉絲團"

您也可以使用以下傳真電話或是掃描圖檔寄回本公司電子信箱，謝謝！

傳真電話：　　　　　　　　　　電子信箱：
（02）8647-3660　　　　　　　yungjiuh@ms45.hinet.net

姓名：＿＿＿＿＿＿＿ ○先生 ○小姐　生日：＿＿＿＿＿＿　電話：＿＿＿＿＿＿＿

地址：＿＿＿＿＿＿＿＿＿＿＿＿＿＿＿＿＿＿＿＿＿＿＿＿＿＿＿＿＿＿＿＿

E-mail：＿＿＿＿＿＿＿＿＿＿＿＿＿＿＿＿＿＿＿＿＿＿＿＿＿＿＿＿＿＿

購買地點（店名）：＿＿＿＿＿＿＿＿＿＿＿　購買金額：＿＿＿＿＿＿＿

職　　業：○學生　○大眾傳播　○自由業　○資訊業　○金融業　○服務業　○教職
　　　　　○軍警　○製造業　○公職　○其他＿＿＿＿＿＿＿＿＿＿＿＿＿＿

教育程度：○高中以下（含高中）　○大學、專科　○研究所以上

您對本書的意見：☆內容　　　　○符合期待　○普通　○尚改進　○不符合期待
　　　　　　　　☆排版　　　　○符合期待　○普通　○尚改進　○不符合期待
　　　　　　　　☆文字閱讀　　○符合期待　○普通　○尚改進　○不符合期待
　　　　　　　　☆封面設計　　○符合期待　○普通　○尚改進　○不符合期待
　　　　　　　　☆印刷品質　　○符合期待　○普通　○尚改進　○不符合期待

您的寶貴建議：

編輯部　收

請沿此虛線對折免貼郵票，以膠帶黏貼後寄回，謝謝！

智慧是學習的殿堂

永續圖書線上購物網
www.foreverbooks.com.tw

i-smart